台湾の皆様

御愛読ありがとうございます。

いま世界はとても騒がしい
ですが、
読書の世界には国籍も人種も
時代も関係ありません。
おなじ本を読む人は、みんな
朋友です。
現実の世界なんかに負けず
読書の世界を広げていきま
しょう！

[illegible]年6月

中芳樹

致台灣的讀者們

感謝您們支持我的作品。

縱然現在世界非常紛亂，
但在閱讀的世界裡，
是不分國籍、人種還有時代的。

閱覽同一本書的人，大家都是朋友。

不要輸給現實的世界，
一起拓展閱讀的世界吧！

2022年6月 田中芳樹

Nada P.O.
NADA SCH
Gladie Branch
Red
River
Fork
Moreland
Timothy Branch
Red
Slade P.O.
Cave Br
East Fork
Blacking House Br
Rough Hollow
River
NATURAL BRIDGE STATE PARK
Natural Bridge
Granny
15
Branch
Black Fork

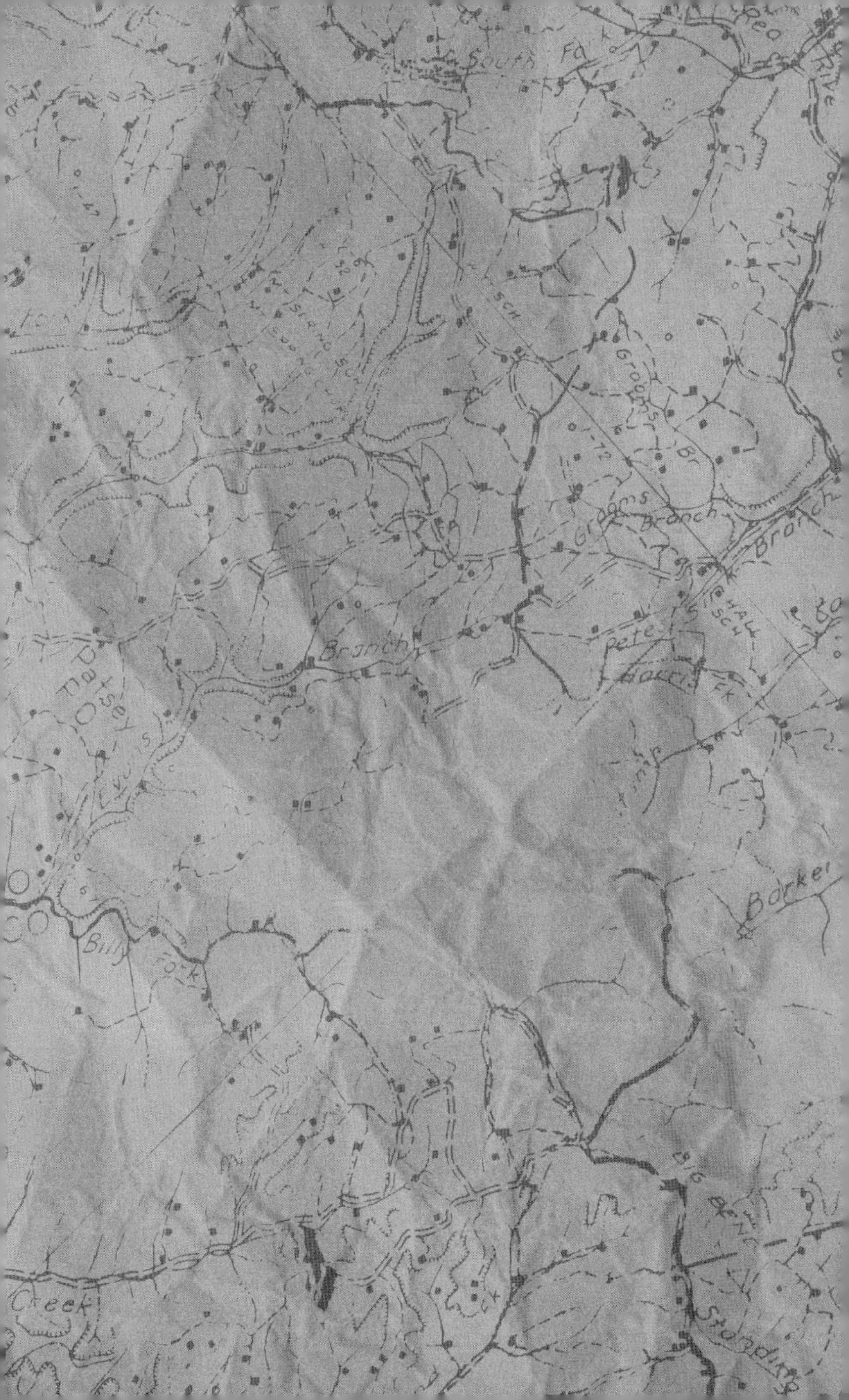
South Fork
Grooms Br
Grooms Branch
Branch
Branch
Patsey
Petes
HALL SCH
Barker
Fork
Creek
Standing

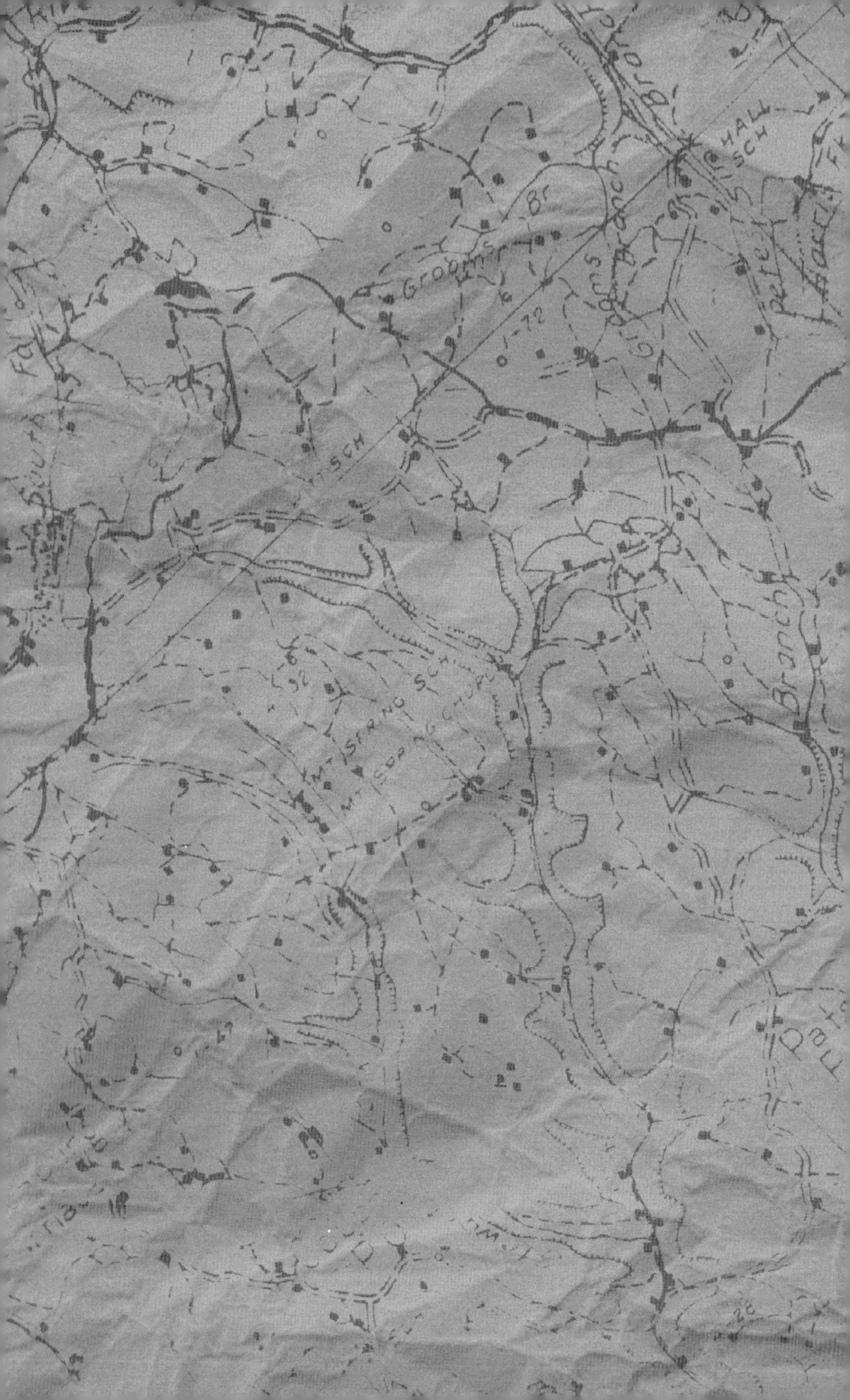
Grooms
Br
Grooms Branch
SCH
HALL SCH
MT SPRING SCH
Branch

白銀騎士團

SILVER KNIGHTS

TANAKA YOSHIKI
田中芳樹

瑞昇文化

CONTENTS

第0章

シルバー・ナイツ

白銀騎士團

I

日落時刻大約是下午四點左右，然而黑暗尖兵已經完成了蘇格蘭的壓制作戰。黑色雲層低到幾乎能夠親吻地面，斷斷續續的冰雨讓空氣也變得寒冷。對於那些患有風濕和關節炎的人來說，他們忍不住要詛咒的冬天來臨了。

一九〇五年十一月中旬。在遙遠的東方，名為俄羅斯和日本的兩個國家雖然自前一年便燃起戰火，到了九月時也開始講和，看起來這個世界終於能從戰火中解放。

前往愛丁堡車站的莫雷家馬車，在陰暗又濕冷的空氣中回來了。馬車是去迎接從倫敦來的客人的。像汽車那種喧鬧又低級的東西，還沒有入侵到莫雷家中。

莫雷家的主人史蒂芬爵士來到前院迎接客人。一名戴著絲絨帽、身著長外套的青年，從馬車上走下來向他打招呼。

「勞煩您特地出來迎接，史蒂芬爵士，我是英國貴族準男爵約瑟夫・恩斯特・費茲西蒙斯。由於您的邀請，我便過來了。先前也已經聯絡過您，這次有兩名隨從與我一同前來。」

這名青年散發出一種萬事於他皆超然的氛圍。他二十四歲、畢業於劍橋大學，身高大約比六呎還少了一吋（一吋是二・五四公分、十二吋為一呎）。站在他後面一步的兩位侍從，年紀大約都是三十出頭，聽說分別是中國人和印度人。兩人都穿了一身黑，帽子與外套看上去都是相當普通的東西。

看了眼中國人，莫雷氏展現他一知半解的見識。

「你沒留辮髮呢。」

「那是十七世紀時征服中國的滿州人的習慣，原先就與黃土文明並無任何關係。」

「看起來這位印度人也沒有纏頭巾？」

「纏頭巾的是錫克教徒，但他是佛教徒。」

「原來如此，印度應該也有幾億人是佛教徒吧。」

莫雷氏並不知道，佛教徒在印度屬於少數派。

那有著象牙色肌膚的中國人與茶褐色肌膚的印度人，都比主人還高。中國人大約六呎左右，印度人則約六呎二吋吧。兩個人的容貌都相當端正，說不定是出身名門，但終究是東方來的僕人罷了。是沒有正確信仰、連字也認不得的落後國家之人。他們是在大英帝國的統治之下，才能夠獲得幸福的人……。

也不知他們是否知道莫雷氏的想法，印度人和中國人默默地搬著行李箱。莫雷氏一臉好奇地看向那行李箱。

「那行李箱裡，是裝了相當重要的東西吧？約瑟夫爵士。」

「沒錯。是銀製子彈和用來射擊的槍與弓、銀刀刃的短劍，還有一些藥品及工具，各種必須用品。」

「有能夠射擊子彈的弓？」

「畢竟有時候發出槍響不太好呢。使用弓來射出子彈的技術，在中國稱為彈弓……」

「約瑟夫爵士。」

印度人和中國人同時喊了年輕主人的名字一聲。雖然他們的語氣聽起來不像是在責備他，但約瑟夫卻像是被舍監找去談話的公立學校學生般，縮了縮脖子。

「這另外有機會再談。首先還是詳細說說今晚工作的事情吧。」

正要回身，約瑟夫的動作卻停格了。他彷彿踩上了一階透明樓梯，右腳就這樣停在半空中。

中國人和印度人一同朝年輕主人的視線方向看過去。

有位應該是前來迎接眾人的年輕女性，正站在大廳入口。那位女性一頭淺金色髮絲、水藍色的雙眼，肩膀上披著一條花呢格紋圍巾。她有著雕像般的美貌，無論什麼樣的男人一定都會將視線駐留在她身上。

當約瑟夫再次起步，他毫不遲疑地直直往那位女性的方向而去。他行了個相當端正的禮後報上自己的姓名，並詢問她的名字。

「我是莫雷的女兒，叫做派翠西亞。」

「您實在非常美麗。」

「哎呀……」

「倫敦完全沒有像您這樣美麗而又清純的女性。那名為虛假的煙霧已然滲透到所有人的肺裡，她們就連呼出來的氣息也都有硫磺的氣味。相較之下，您的氣息猶如羅夢湖岸邊盛開的夏季薔薇一般，芬芳宜人而高雅。」

印度人縮了縮脖子、中國人則搖著頭。這種無言的台詞，就連想像力不甚豐富的莫雷氏都能看得出他們的意思。兩位隨從的意思大概就是這樣吧。

「哎呀呀，又來啦，少爺真讓人困擾。」

真是無禮的隨從！雖然莫雷氏內心如此想著，但在斥責這件事情以前，他的內心先是略感不安，並對約瑟夫爵士產生些許不信任感。原先覺得他看起來是個對事物相當超然的青年，沒想到開口就要搭訕委託人的女兒，這可比一般的義大利人還要輕挑啊。

聽見莫雷氏刻意咳了幾聲，約瑟夫才回神似地看向委託人。他再次對小姐敬了個禮，然後轉過身去朝著莫雷氏說話。

「我聽說您還有一位兒子，怎麼沒有看見呢？」

莫雷回答了約瑟夫的疑問。

「小犬說他身體不適，實在沒辦法起床。他叫做哈羅德，今年三十歲了。」

約瑟夫與委託人並肩而行進入餐廳，由於聽說他的習慣是晚餐吃些輕食，因此莫雷準備了麵包、湯品和羊肉等簡單餐點。兩位隨從雖然就在主人身後，但他們看著餐點的目光，似乎不怎麼羨慕。

在莫雷眼裡看來，他們看上去比較像是想說：

「英國人怎麼都吃這麼難吃的東西。」

「約瑟夫爵士，二樓有為您準備臥房，餐後便帶您過去吧。」

「感激不盡，但應該用不到。因為今晚之內就會解決了。」

「您還真有自信呢。」

莫雷的聲音中充滿了猜疑氛圍。一看到這名青年在自己女兒面前彷彿便宜的雪酪般融化得不成樣子，他就不禁對這什麼打擊妖魔鬼怪赫赫有名的白銀騎士團的實力感到相當不安。

II

一走出餐廳，約瑟夫確認四下無人便打開錢包。慌張地稍作計算，紙鈔和硬幣加起來總共也只有一英鎊四先令六便士。

當時四開大的晚報，一份是一分錢。一分錢的複數就是便士，而十二便士為一先令。二十先令為一英鎊。反的來說，一英鎊為兩百四十便士。這是當時的貨幣價值。

儘管兩位隨從也被招待能夠前往廚房享用麵包與湯品，不過看來他們並不想吃比主人的餐點還要難吃的東西，因此就跟在約瑟夫幾步之後。約瑟夫向他們輕輕招手，小聲地說話。

「拿點經費出來吧。」

「您要用在哪裡？」

「別管我用在哪裡，沒關係啦，反正我要用。」

「但是約瑟夫爵士，您這個月的零用金，應該已經給您了。」

「就那麼點，你們以為我能用多久啊？為了維持紳士的體面，實在需要一定的金額啊。」

印度人和中國人異口同聲說出相同的台詞。

「您需要多少？」

「這個嘛，算一算大概十英鎊吧。」

「不行。」

「為什麼不行啊，那是我的財產吧？」

「負責管理的可是我們。」

被中國人冷峻拒絕，約瑟夫不禁仰天長嘆。

「噢，我是全世界最不幸的英國貴族！隨從們別說是尊敬我了，居然如此惹我厭！」

「您只是準男爵，請不要擺出一副貴族的樣子。」

印度人的反應更加冷酷。

「準男爵這種東西，不過是個廉價的稱號、是相當隨便的頭銜。說到底十英鎊根本也沒辦法送什麼像樣的禮物給這裡的小姐吧。」

「你不要多管閒事，錢到底要不要給我啦？」

「如果您一定要我們把錢拿出來，請您獲得姑母大人的許可。」

約瑟夫萬分狼狽。

「喂，你們不會想告訴姑母大人什麼吧？」

「我們當然不會說什麼。不過……」

「不過？」

「若是姑母大人詢問我們，那麼我們就會提出客觀的報告，畢竟這是我們在費茲西蒙斯家當差的責任義務。」

「什麼客觀啊！明明就是你們的主觀意見。我知道了，算了，幫我叫莫雷氏過來吧。」

約瑟夫在書房伺機而動。此處是約為二十五英呎寬的方形房間，兩面牆壁排滿了皮革封面的書籍，一面有暖爐和擺放飾品的架子，另一面則是面對庭院的窗戶。

在簡單商量過後，莫雷氏一離開，約瑟夫便坐到長椅上，似乎開始思考些什麼。兩位隨從則到外頭去看看情況。一段時間過後，只有中國人回到房間裡，而這家的小姐正好從書房匆匆離開。

「看來兩位已經聊過了呢。」

「噢，李，我告訴你，她就是我命中註定的女性。」

「約瑟夫爵士的人生當中，每星期都會有一位命中註定的女性呢。」

「你別多管閒事。我現在打算要來寫情書，完成以後會是連拜倫和雪萊都感到訝異的名作。」

「拜倫也相當落魄呢。」

約瑟夫假裝沒聽見。

「不過我忘記 excellent（太棒了）這個字怎麼拼。不好意思，可以告訴我嗎？」

李沒有馬上回答，只是凝視著年輕主人。約瑟夫縮了縮身子。

「為、為什麼要用那種同情的眼神看著我啦。」

李非常刻意地大大嘆了口氣。

「約瑟夫爵士，如果您是問漢字的話我還能夠理解。畢竟漢字有幾千幾萬個，那麼有不會寫的字也是在所難免。但這可是只有二十六個字母的語言呢，就算歐洲人的平均智慧水準比東方人低，居然連二十六個字也記不起來，真是太丟臉了。」

「閉嘴啦，問題又不是只有字數。英文的拼音可是很難的耶。有一些文字可是會寫出來卻不發音呢。」

「寫出來卻不發音？」

「沒錯，比方說 KNIGHT（騎士）這個單字，K、G、H 都是寫出來卻不發音啊。如何，怕了嗎？」

「怎麼可能會怕這種事情。說起來為何要這麼做呢？理由是什麼？」

「哪有理由啊？從以前就是這樣了啊。」

「英文這種東西，還真的是相當不合理又不發達的語言呢。」

「吵死了，我知道了，不拜託你了啦。幫我把那邊書架上的辭典拿過來，趕快滾出去。」

被趕出大門的李，一離開那正在埋首創作熱情如火抒情文學的主人以後，便前去向他的印度人同事報告。

「喂，戈什，我們的主人似乎又非常幸運地與他命中註定的永遠戀人相逢了呢。」

「又來了？他不是上個月才被漢普敦閣下的小姐從樓梯上推下來嗎？」

「幸好樓梯只有三階呢。唉，誰叫他說什麼『我喜歡妳僅次於食屍鬼和吸血鬼』，當然會想把他推下去吧。雖然他嘀咕什麼『這女人怎麼這麼凶暴』，但只有輕微擦傷收場也算幸運了。」

「要是樓梯有個五階，應該會比較剛好吧。那，要玩嗎？」

「當然要。」

中國人點點頭，印度人咧齒一笑，從口袋裡掏出一枚銀幣，以指尖將硬幣彈向空中。

「那麼，我賭三天內破局一先令。」

「喂，這樣根本不能賭啊。」

「只要撐到第四天就是你贏囉，不過我們這主人，還真是沒有學習能力呢。」

「這也沒辦法，畢竟他是英國人。」
兩名隨從苦笑著，將視線轉往那不見月亮身影的夜空。

III

「感覺是個會出現巴斯克維爾家獵犬的夜晚呢，或者是愛倫坡的烏鴉呢？」
潮濕的冷風吹過整片荒涼的夜色，雖然柊樹圍牆高達七呎，不過風是沿著樹牆的方向吹來，因此完全沒有擋風的效果。
約瑟夫與東方人隨從們正在等待怪物現身。那怪物在一個月內已經出現在莫雷家土地上六次，還殺傷了佃農與莫雷家人高達十五人。據說是「有如小牛一般大、樣子也有點像小牛的黑毛怪物」。
雖然應該聯絡警察，但莫雷家忌諱這麼做，因此委託倫敦無人不知無人不曉的白銀騎士團約瑟夫爵士來解決這個問題。正是這位能夠使用銀製武器、打倒非人之惡的費茲西蒙斯家年輕主人。
在等待怪物現身時，三人小小聲聊著天，內容並非關於怪物。出現在他們對話中的「安妮」這個專有名詞，是費茲西蒙斯家中一位女僕的名字。

「費茲西蒙斯家的當家主人，連續三代都是和女僕結婚喔。您和安妮結婚，既是命運也符合家風啊。」李說。

「您到底不喜歡安妮哪一點？她做的餐點相當美味，人也非常可靠、忠實而可信，姑母大人也很喜歡她，而且仔細看看，她長得也挺可愛的不是嗎？」戈什表示。

「這種事情不用你們說，我也明白。」

約瑟夫聽來相當不開心。

「那麼，您為什麼不願意呢？」

「問我為什麼……」

「約瑟夫爵士，總該不會是因為安妮是愛爾蘭人吧？」

中國人這話，讓約瑟夫瞬間使起性子。

「別開玩笑了。」

「的確是開玩笑。」

「你啊……」

「不管對方是哪個國家、哪個民族的人，都不會抱有偏見或者歧視情緒，您就只有這麼個優點。」

「？」

「這不是理所當然的嗎？大家都是地球人，根本不應該互相爭執、彼此歧視啊。」

「火星和金星有科技相當發達的人類，隨時都想征服地球呢。地球人不能夠拘泥什麼膚色還是宗教之類的，應該要同心協力作戰啊。不能像俄羅斯和日本那樣光顧著互相吠叫呢。」

聽見年輕主人這番熱烈的演說，印度人和中國人面面相覷。兩個人同時嘖了一聲。

「您又買了《雷姆尼亞之友》是吧。居然為了那種下流的神秘學雜誌每個月付七便士，也太浪費錢了。」

「一個月才七便士，差不了多少吧！而且這件事情已經脫離我們原先的討論內容了，不是在談安妮嗎？」

「沒錯，是在談安妮，您還記得實在是太好了。」

夜風冷颼颼從三人之間吹過。

「那麼就談原來的話題囉，您到底不喜歡安妮哪一點？」

「……」

「她比您小了七歲，卻比您可靠許多呢。」

「……」

「要是您喝得醉醺醺打算從窗戶爬出去，她會拿著掃把擋下您；當您被詐騙分子詐騙要去投資什麼永動機的時候，她會把您的錢包藏起來。她知道您討厭紅蘿蔔，所以特地切得很小，讓您不知不覺吃下去……」

「所以啦！」

約瑟夫怒吼完，下意識看了看四周，然後壓低音量。

「聽好了，再怎麼說我也是名字後面要加個爵士當敬稱的人耶！名片上也明確寫著爵士！」

「這就是所謂會走動的邪惡身分制度。」

「閉嘴啦，反正我是爵士。身為準男爵之人，到底為什麼要被小自己七歲的女僕當成弟弟看待啊？」

「安妮並沒有擺出一副是您姊姊的樣子啊。」

「沒錯，問題是在約瑟夫爵士身上。會認為女僕擺出姊姊的樣子這種不成熟的精神，正是萬惡的根源。」

「哪來的萬惡啦。」

「比方說，花了五年才從劍橋大學畢業……」

「那是因為老爸在要死的時候，把我叫去新加坡啊！」

當時約瑟夫氣喘吁吁地奔進病房，父親手指著印度人和中國人青年告訴約瑟夫說「這樣我就安心了」，便撒手人寰。這才是災難的源頭吧，約瑟夫想著。

約瑟夫一臉不悅地閉上嘴，印度人戈什一邊觀察主人的表情，一邊開口：

「關於剛才那件事情啊，約瑟夫爵士。」

「剛才那件事情？」

「如果約瑟夫爵士您一定需要錢，我個人可以借給您。」

「嗯……沒辦法，就這麼辦吧。」

「那麼利息是百分之七。」

「喂，你居然要跟主人收利息!?」

「就算是主僕也要明算帳。」

戈什回答得如此堅定，約瑟夫沉默了下來。正當他打算放下英國貴族的高傲，懇求對方至少算個百分之五的時候，一道淒厲的聲音掩蓋了他的說話聲。

那聽起來像是遠雷轟隆、又像是風聲吼叫，不，更像是冬日的陰暗本身在痛苦嘶鳴著。約瑟夫有如被電到般跳了起來。

「就在附近！」

樹籬另一邊迴盪著受到驚嚇的狗兒咆哮。那充滿敵意的聲音，大概在兩聲後又轉變為恐懼及落敗的哀鳴，瞬間高嚎之後馬上消音——永遠地。

「約瑟夫爵士，該準備了。」

印度人話音未落，黑暗便開始移動。約莫在樹籬上方的位置，躍出兩個赤紅燃燒的光點。那是某種東西的眼睛，而黑色的影子跨越了樹籬前來。約瑟夫心中有所覺悟。侵入者可是輕輕鬆鬆就越過了那有七呎高的樹籬。

約瑟夫已經脫下手套，直接握住手槍。那是法蘭西第二帝國時期由法國製造的雙連擊決鬥用手槍。雖然並不是一定要用這個，才能夠射出費茲西蒙斯家特製的銀彈，不過東西就是會有所謂順不順手的問題，對於約瑟夫來說，這把槍比其他款都來得好用。

黑色影子衝了過來。李手上的提燈光線照亮霧氣，讓影子的輪廓浮現出來。那怪物的頭部是狗或者狼，下面則是人類或者猩猩，似乎全身長滿深色的長毛。

人類的腳步大概要走三十步的距離，牠幾乎瞬間就到了。在那充滿殺害意圖的怪物之手要抓住約瑟夫的前一秒，約瑟夫扣下扳機。緊接著又開了第二槍。

轟然的槍響貫穿了夜晚的氣息，在這難以閃躲的近距離下，怪物微微退卻。牠發出短短的痛苦鳴叫後，以火炬般的雙眼瞪著約瑟夫。下一秒，牠便從約瑟夫頭上一躍而過，向黑暗之中奔馳而去。

Ⅳ

儘管印度人和中國人相當冷靜，但聲音中卻夾雜著失望。

「沒打中嗎？」

「那種距離還沒打中，以約瑟夫爵士來說，也不無可能。」

約瑟夫回頭大叫：

「有打中！我有命中！但是牠沒有倒下！」

他的髮絲被夜風吹得凌亂，因為怪物從他頭上跳過去的時候，掀飛了他的帽子。李從昏暗的地上撿起帽子，拍掉灰塵後遞給主人，只見約瑟夫垂頭喪氣地吐出自信全失的話語。

「要是使用銀製武器也無法擊退怪物的話，那我這個人根本一點價值都沒有了。」

「雖然您的自我評價相當正確，但還不必下這種結論吧。牠也不一定就逃走了，可能還有打倒牠的機會。」

李與戈什兩人在年輕主人的周圍繞著圈子，這是即使遭受攻擊，也能夠馬上進行防御的姿態。

「使用銀製武器攻擊都不會死的怪物，要怎麼打倒啊？」

在寒氣之中，約瑟夫額頭滲出汗滴。

「這個嘛，就是問題所在了。我怎麼想都覺得這件事有問題。不過應該也不會太複雜，只是需要追究一下。」

當印度人正用指尖捏著下巴沉思之際，中國人輕輕吹了個口哨。這表示，來了。

夜風呼嘯。

那惡意的團塊化為黑影襲擊而來。不管是牠黃色的眼睛還是紅色的大嘴，都充滿腥臊凶暴的力量，從約瑟夫身旁擦過。剛才李特地幫忙撿起來的帽子，又再次從約瑟夫頭上飛走。

「喂，這可怎麼辦才好啊！」

「對方若是人類，我可以應付幾十個，但怪物是您要負責的啊，約瑟夫爵士。」

「可惡，你們這些卑鄙小人！」

約瑟夫自暴自棄般往前方衝出，右手閃爍著銀色短劍的光芒。他打算速戰速決砍殺怪物，不過那怪物的速度和抵達時間都比約瑟夫快上許多。約瑟夫的衣襟隨著強大的風壓遭到撕裂。

中國人的手上飛出了某種東西。

怪物試圖閃躲。牠發出了痛苦的哀鳴，長滿硬毛的前肢壓著右眼。看來牠的眼睛被擊中了。

這一擊便讓牠喪失戰意，怪物馬上轉身。雖然牠搖晃著走了兩步，卻馬上重新站穩，往一旁奔去。牠的身影劃開冰冷而潮濕的夜幕，隨即消失。

約瑟夫喘著氣。

「李，你拿什麼丟牠？」

「一先令的銀幣。」

中國人說明道。

「沒有添加聖水，應該沒辦法造成致命傷，不過這畢竟是銀，看牠的樣子，應該是頗為嚴重的傷。」

「這麼說來，並不是銀沒有效囉？」

戈什歪著頭思索。

「但是剛才我射出的銀彈，就沒辦法傷害對方啊。」

「這表示約瑟夫爵士您射出的子彈，並非銀。」

中國人說著，從灰暗的地面上撿起了一個小東西。那是剛才用來射擊怪物的子彈。原本是嵌在怪物的身體上，但牠的傷口很快復原，也因此子彈被擠了出來、掉在地面上。

「您請看，這是錫。」

約瑟夫大吃一驚。

「錫？怎麼會是錫？為什麼銀製子彈會變成錫？又沒有這種化學反應！」

印度人戈什嘆氣。

「這實在太可悲了，約瑟夫爵士。」

「啊？什麼？可悲什麼？」

「就算您的零用金再怎麼拮据，費茲西蒙斯家的當家主人竟然將祖先傳下來的銀製子彈偷偷拆了賣掉換錫，來換取中間的差價，要是上一代知道這件事情，肯定會從棺材裡跳出來斥責您的。」

約瑟夫一臉憤怒。

「喂！你怎麼亂編故事啊！我才沒有做那種事！」

「沒錯，戈什，你太失禮了。約瑟夫爵士怎麼可能想到那種聰明的辦法呢？」

「你這樣說更失禮吧，李。」

「你們都一樣啦！」

約瑟夫怒吼著。

「更重要的是需要真正的銀製子彈啦，現在要怎麼辦啊，李？」

「銀的話，不是到處都有嗎？」

「在哪裡？」

「這間宅子的餐具室兼食物庫裡啊。」

李的意思是，把銀製的餐具融化後做成子彈。約瑟夫搖搖頭。

「怎麼能拜託人家那麼失禮的事情。這是我們的責任，所以得要我們自己解決才行。」

中國人嘆了口氣。

「哎呀呀，您真是大好人。雖然我覺得這是理所當然的，因為他們得要負起把銀製子彈換成錫的責任呢。」

約瑟夫這下子大為錯愕。

「你有證據證明是這宅子裡的人做的嗎？」

李像是個老師一般諄諄教誨著年輕主人。

「聽好了，約瑟夫爵士您從倫敦出發的時候，銀彈還是真貨，到達這間宅子之前進行調查的時候，也還是真貨。這樣一來，就只可能是進入這間宅子以後，被人趁隙給換掉了啊。」

唔……約瑟夫陷入沉思。這個時候，李與戈什則私下談起了什麼事情。

「唔，這樣一來，原先是人類嗎？」

「該說是人狼，還是狼頭人呢……」

中國人和印度人一起閉上嘴，看向露臺。有個纖纖優美的人影佇立在那兒。那是派翠西亞・莫雷小姐。約瑟夫一躍而起，狂奔到露臺去。

「莫雷小姐，您不可以隨便走出來呀，您沒事吧？」

「呃，是，我很好。」

「啊啊，太好了。要是您發生了什麼事情，『希望』這個詞彙就要從我的字典中抹去了。我非常想與您好好聊聊，但是工作還沒結束。還請您回到房間，等待我的好消息。」

「約瑟夫爵士，您也要多加小心。父親也只能靠您了。」

莫雷小姐從露臺回到建築物裡頭後，東方人隨從們嘻嘻笑著。

「太好啦，約瑟夫爵士。這樣一來就不至於被說是什麼幫不上忙、吃白飯那種讓人聽了傷心的話呢。」

「會說那種話的只有你們吧。莫雷小姐才不會口出那種傷害他人的話語。」

「噢，這樣啊。」印度人說。

「剛才在圖書館談話的時候，她可是說『您一定是英格蘭最棒的少爺』呢。」

「說誰？」中國人問。

「當然是說我啊！不然還有誰啊！」

「喔？」

「那時候我也拿銀彈給莫雷小姐看過，她相當感興趣地玩弄著子彈呢。她很了解我的辛苦之處。」

隨從們對看了一眼，中國人嘆著氣說道：

「約瑟夫爵士，您那過世的父親，真是善良到令人覺得不像是英國人。而身為他兒子的您，也實在不像個英國人，怎麼會這麼天真呢。」

「你們也太失禮了吧，到底想講什麼啊？」

忽然有什麼人接近的氣息，狂亂的腳步聲和怒吼聲入侵了庭院。還聽到有人吶喊著：

「從倫敦來的外人在哪裡！」

「是人類啊，大概二十人左右。」

「這樣一來，就該我們上場囉。」

東方人隨從們往前踏出。

那些是莫雷家的佃農們，人人手上握著獵槍或棍棒，一看到戈什和李，便充滿敵意地騷動起來。

「滾出去！你們這些東方人！」

男人們怒吼出顯然帶有偏見的台詞，威脅似地拉了獵槍扳機，還揮舞著棍棒。

「這裡不是你們東方人該來的地方！馬上離開！否則就要你們好看！」

戈什哼了哼笑出來。

「確實是不太適合我們的地方呢，如此粗俗的人們和粗俗的土地。」

「你說什麼！」

「歷史短、土地貧瘠、氣候差、食物難吃。沒辦法只好不請自來地跑到外國，用槍恫嚇當地人、搶奪人家的土地財寶，然後自豪說你們是世界第一強國。這是多麼愚蠢而又可悲的民族啊。」

面對印度人的冷笑，那些小佃農們呆愣了好一會兒，回過神來才爆發出滿腹怒氣。

「去死吧！」

好幾個人一起將槍口對準了他們，然而沒有發出任何槍響，反而是發出了慘叫，紛紛按著手腕或眼睛。接下來印度人高大的身軀，躍進了佃農之間。

「這到底是在做什麼！都給我住手！」

莫雷氏怒吼著奔了過來，約瑟夫則制止了他。

「您不用擔心，戈什可是卡拉里的高手呢。」

「是印度武術嗎？」

「聽說是從佛陀時代就有的，歷史長達三千年。而達摩大師將其傳至中國，歷經一千四百年增添技巧且更加洗鍊……」

在說明的時候，印度人揮舞著纖長的手腳，每次揮動都打倒一名佃農。

「似乎結束了。」

約瑟夫話聲剛落，第十七個男人便倒在地上。剩下的三、四個人口中吶喊著無意義的話語，轉過身逃向深夜的懷抱而去。

印度人拍了拍雙手的灰塵。

「感覺不太夠意思，連汗都沒流。」

「有一半可是我用指彈解決的呢。」

中國人唱反調道，又向莫雷氏行了個禮。

「爵士，還請您見諒，實在是不得不亂了禮數。」

莫雷氏一臉苦澀，也只能點點頭。無論這件事情是誰煽動的，他身為放任小佃農暴動的地主還是免不了責任，只能喚來管家收拾善後。

約瑟夫忽然想起什麼，開口問道：

「對了，您兒子長年待在外國對吧？」

「沒錯。」

「大概是哪一帶呢？」

「主要是亞熱帶地區。印度、馬來西亞、緬甸、荷屬東印度、法屬印度尼西……」

「他喜歡炎熱的地方？」

「是討厭寒冷的地方。」

「那真是太過不幸……噢，我是指氣候的事情。蘇格蘭在一年當中有一半都……」

「黑暗寒冷又陰又濕，爛到透頂，他也是這麼說的。」

對方的聲音聽來相當不屑。約瑟夫看著委託人的臉孔，並沒有多說什麼。

等到那些佃農們好不容易被叫了起來，莫雷氏走過去開始訓誡他們。而一旁，約瑟夫向兩位隨從述說莫雷氏兒子的事之後，中國人提出意見。

「那麼，去搜索兒子的房間吧。」

「這樣好嗎？」

「因為不是太複雜的事件，我覺得這樣有助解決。更何況雖然我們是正當防衛，但畢竟是東方人打倒了歐洲人，之後應該會變得很麻煩。」

「天亮後暴徒群眾就會湧來，在那之前趕快做完工作回去倫敦吧。」

李與戈什意見相同，看來約瑟夫也沒有反抗的餘地，點點頭轉過身，朝屋子走去。

雖然想請派翠西亞帶路，卻不見她的芳蹤，由於是深夜，這也是理所當然的。詢問那表情嚴肅的管家，得知哈羅德．莫雷的房間位置以後，三人走上二樓。

三人在那氣氛與其說是莊重，更該說是陰氣沉沉的走廊上前進，目的地是坐南朝北的寬敞房間。敲了門也得不到回應，打開門便看見一個翻倒的玩具箱。床上、書桌上，甚至地面和牆面上，都被收集品淹沒。開口評論的是李。

「看來是還在看到什麼就收集什麼的階段，應該之後才會做分析或者分類。」

這裡雖然沒有惡臭，卻飄蕩著某種異臭。木頭、皮革、竹子、泥土，還有金屬與藥物，是毫無秩序而混亂的臭氣。

以演化論聞名的達爾文是做什麼工作的呢？或許會有很多人回答「科學家」，但正確答案是「沒工作」。他原先就擁有高額資產，一輩子都沒有好好去做什麼工作，只做自己喜歡的研究，完全不曾為了獲得報酬而工作。哈羅德．莫雷的目標莫非是成為第二個達爾文嗎？

兩名東方人以相當銳利的目光觀察著收集品，還試著拿起幾個。印度人戈什輕輕嘖了一聲。

「還真的是什麼都收呢。這個是上緬甸用在羅摩衍那面具劇當中的東西，就算陳列在大英博物館裡也不奇怪。不過一看這邊的茶壺……」

「是在香港製造、倫敦的中華城裡大把亂賣的仿貨。一分錢可以買到兩個。形制上雖然是模仿宋代的東西，但陶土的品質實在太差了。」

「雖然是贗品，倒也還有點韻味，不過也不是什麼工藝非常精細的東西。應該只是他沒有鑑定的眼力吧。」

正在嚴苛批評的東方人，拿起了一把短劍。印度人低聲讀出刀柄上刻寫的文字。

「A．N．J．I．N．G……A．J．A．K……」

「Anjing ajak。」

聽見中國人的聲音，約瑟夫反應過來。

「安京．阿札克？我聽說過，是荷屬東印度的怪物對吧。」

「正確來說是爪哇的附身狼。和歐洲的狼人一樣，邪惡的人類會在夜晚變身，成為食人之狼。不過牠們和月亮的陰晴圓缺並沒有關係。」

「像爪哇那種亞熱帶地區也有狼喔？」

「約瑟夫爵士，您沒有讀過吉卜林的《叢林奇譚》嗎？」

「噢，我當然讀過啊，說的也是，熱帶也有狼呢。」

約瑟夫搔搔頭，李將短劍從劍鞘中拔出一點。看見刀刃上沾染了紅黑色乾枯的東西，眉頭露出厭惡之情。約瑟夫看見他的表情，詢問戈什：

「那麼，要怎麼樣才能變身成安京．阿札克呢？」

「只要用塗抹了安京．阿札克血液的針或者刀具傷害自己就可以。」

「這樣一來，當事者自己也可以變成安京．阿札克？」

「因為那樣毒素就會進入血管了。」

「這跟吸血鬼差不多呢。」

門口傳來粗暴的聲響，三雙眼睛一起看了過去。那裡站了一名只披了件破爛襯衫、頭髮凌亂不已的三十歲上下的男人。

「你們是獲得了誰的許可，進來我房間的？」

看來他就是這房間的主人了。

「是您父親允許的。」

印度人立即回答。當然這是騙他的，不過哈羅德若是去向父親抗議，那就可以賺到一些時間。要是發現這是謊言，那也是說話的人要負責。就因為這樣，所以戈什才要搶話。

「我父親？」

哈羅德垂下右眼還掛著瘀血的雙眼，嘴角扭曲著。

VI

「既然您回來了，那正好。我們省下了去抓您的功夫。」

莫雷家的兒子聽李這樣一說，立即口吐與知性或理性都毫無關係的話語。

「身為東方人，竟敢……」

「這可不是身分的問題呢，少爺。」

中國人以諷刺的語氣說著，長長的手指也朝哈羅德的衣襟比劃。

「您要不要就穿著這件衣襟右邊染血的襯衫，和我們一起去您父親那裡呢？」

哈羅德反射性地伸出右手摸了摸衣襟又看了看，衣服上根本沒有沾血。哈羅德立刻目露凶光。

「你這傢伙，居然敢騙……」

「誠實乃美德，不過這時候可不能當成免罪的理由呢。看起來您是有自覺。好啦，我們走吧。」

李伸出了手，哈羅德雖然粗暴地想揮開對方，李卻比他更迅速，抽回了手。正當李臉上綻放出不屑的笑容、打算架好姿勢，約瑟夫卻舉起手來制止他，緩緩踏出一步。

「銀製子彈與銀製短劍。」

堅定的語氣、超然的表情，釋放出白銀騎士團團長應有的威嚴，約瑟夫站到了哈羅德的前面。就算內心充滿恐懼與不安，仍不能顯露出來。

哈羅德明顯感到退縮，向後退了一步。

「哎喲?還真有圓桌武士風格般凜然的氣息呢。」

「完全不像是會跟僕人借錢，卻不知道該怎麼還錢的敗家子呢。」

雖然中國人和印度人一臉感動的樣子，他們的年輕主人卻高興不起來。

「喂!什麼敗家子啊!你說誰呢!」

約瑟夫全身散發著難得的威嚴與魄力回過了頭。

那瞬間，哈羅德立即趁隙猛然揮拳而來。拳頭即將招呼到約瑟夫的太陽穴上，卻在到達的前一秒被揮開。無聲無息前進的李以他優雅的動作，讓哈羅德在空中翻了一圈。哈羅德好不容易才爬著站起身來怒吼。

「多管閒事的東方人！你們為什麼要對這種少根筋的大少爺盡忠盡誠！」

「上一代拜託我們的啊。」

中國人回答了他。

「就是安德烈・費茲西蒙斯爵士。他說我這不孝子就麻煩你們扶植了，請讓白銀騎士團延續下去。」

「騎士團?別讓人笑掉大牙了。就一個黃毛小子和兩個東方人?根本沒什麼正經傢伙吧！」

哈羅德嘲笑道。

「比您要來得正經多了呢，這位年輕少爺。」

中國人冷淡地回答後，印度人也接著說了下去。

「您似乎不管是在東印度各島，還是馬來西亞，都相當隨心所欲亂來呢。強搶當地名家的家寶、羞辱他人、對他人妻子施以暴行還用暴力讓那位丈夫閉嘴，連當地總督府也都沒辦法處理了，只好把你送回英國來了不是嗎?」

哈羅德沒讓他繼續說下去。他以野獸般的動作猛然撲過去，但不是對著戈什，而是約瑟夫。不過李已經預料到他的動作。

李的手刀從旁邊切中他的下巴下方，哈羅德連聲音都沒發出來就被打飛出去。他的背部撞上了書架。盤子、人偶、面具，還有藥壺、杯子、瓶子等，哐啷哐啷地全掉了下來。哈羅德在滿室飛舞的塵埃當中，呻吟著起身。

他的兩眼閃出黃色光芒，兩耳向上延伸，下顎往前，看起來越來越長，全身也忽然開始發黑。體毛嘩的一聲，瞬間洶湧地覆蓋了肌膚。

「約瑟夫爵士！」

李對年輕的主人喊了一聲，便退下一步。若對方不再是人類，那就不是隨從出場的時候了。

與李相反，約瑟夫則往前站了一步，他拔出心愛的手槍，將槍口對準了哈羅德。此時莫雷家的年輕少爺，正好也變身完成。約瑟夫毫不猶豫地開槍，沉悶的槍響之後，隨即聽見痛苦與錯愕的呻吟聲。

「你、你做了什麼……？」

哈羅德的舌頭打結，嘴角也冒出水泡，傷口噴出血液，成為紅色小蛇從他壓住傷口的手指間爬出。

「只是將你們對約瑟夫爵士做的事情，依樣畫葫蘆罷了。」

「沒錯，只不過不是把銀換成錫，而是把錫換成銀而已。」

中國人攤開手掌，讓哈羅德看見他手上破破爛爛的錫彈。

「看來您小看了我們的主人呢。約瑟夫爵士早就看穿了銀彈被換成錫彈，也預料到會有這種事情發生，所以早就準備了預備用的銀彈！」

「不，其實我沒……」

約瑟夫正打算說些不該說的，卻突然皺起臉來。因為印度人用手肘從旁邊撞了撞他的腰側。

「您閉嘴。難得李想讓您有面子一點，不可以打斷他。」

「我、我知道了啦。」

事實上這時哈羅德完全沒有餘力傾聽約瑟夫失言所說的內容。他正全身痙攣、體毛也一束束掉落，尖牙利爪都剝落下來，嘴裡的泡沫成為瀑布流向胸口。那雙黃色的眼眸失去亮度而變得混濁，原先充滿敵意伸向約瑟夫的手臂也垂了下去。他拚了命才翻過身去，雙手雙腳在地上往門口爬。

雖然他背對槍口，但約瑟夫並沒有開出第二槍。銀彈的破壞力和怪物的魔性成反比，若是哈羅德被銀彈射中卻沒有馬上死亡，就表示他還留有相當程度的人性。

兩個東方人很能理解約瑟夫不打算痛下殺手的心情。

「哎呀，雖然死了可能還比較好呢。」

正當印度人喃喃說著這話時，另一個腳步聲傳來了。約瑟夫將視線轉過去，見到正奔過來的派翠西亞。她看見筋疲力盡倒在門口的兄長，尖叫吶喊著。

「哥哥！你沒事吧！」

「啊，莫雷小姐，不可以靠近他。或許您非常心痛……」

派翠西亞用盡全力推開正打算溫柔制止自己行動的約瑟夫。年輕的白銀騎士團長就這樣華麗地飛出去，在地板上滾了一圈……不，在這件事情發生之前，印度人和中國人就從兩旁迅速伸出雙手，避免了主人跌倒的難堪。

「到、到底是怎麼回事……？」

「就是那樣啊。」

中國人的指尖前方，是拚了命緊抱住兄長的莫雷家小姐。

「哥哥、哥哥！要是你發生了什麼事，我也活不下去了！」

在那異常悲痛的聲音當中，令人感受到某種異樣的愛情，就連約瑟夫也不禁有些退縮。他重新站好身子，向小姐搭話。

「啊，那個，莫雷小姐，這件事情是有緣由的……要是您誤會可能不太好……」

派翠西亞猛地站起身來。

「你對哥哥做了什麼！你這可惡的英格蘭人！」

派翠西亞一巴掌摑在約瑟夫的臉頰上——的前一秒，李與戈什抓住年輕主人的雙肩向後拉，因此那恨意十足的女性巴掌也撲了個空。

VII

約瑟夫調整自己的呼吸。雖然他看見了一臉苦澀走過來的莫雷氏，但現在實在不是什麼行禮的好時機。

「原來如此，是這麼回事啊。您原先就知道哥哥的秘密對吧，莫雷小姐！」

「閉嘴，你這個英格蘭人！垃圾人！」

「噢，居然這樣說呢。」

約瑟夫對這位小姐的幻想，完全打消。

「對於我個人的怒罵，就算是我以寬懷之心寬恕，但是對於所有英格蘭人的中傷誹謗可就沒辦法了呢。要是您至少維持一點淑女的樣子……」

「裝什麼偉大！你只不過是個英格蘭人！被全世界討厭的人！鴉片走私商人！破壞遺跡的盜墓者！味覺障礙！要是不甘心就回嘴啊！」

雖然很不甘心，但忽然被點名說要回嘴，約瑟夫反而躊躇不已，而東方人隨從們則低聲交談。

「哎呀，女人還真是得理不饒人呢。」

「不過全都是實話耶，這小姐還真是相當了解歷史和世界情勢呢。」

縱然相當佩服，中國人還是出手將他那不肖的主人從窘境中拯救出來。

「小姐，您要以怨報德也請適可而止。我們早就知道，是您換掉了約瑟夫爵士的銀彈。還有煽動佃農一事。您要是再這樣輕舉妄動下去，親愛的哥哥可能就無法變回人類的樣貌囉。」

派翠西亞彷彿遭受雷擊一般，立刻閉嘴放下了手。原本她還用充滿血絲的雙眼惡狠狠瞪著中國人，但馬上垂下睫毛，再次趴倒在失去意識的哥哥身上。而那不知何時現身於此的父親，則茫然地看著孩子們。

「那麼，史蒂芬爵士。」

這話聽起來像是約瑟夫開口，但其實是印度人輕輕支撐著年輕主人的身體，語氣沉重地說。

「請讓令郎就醫。雖然多少需要一些時日，但身體應該能夠恢復健康。不過，精神方面就無法保證了。」

莫雷氏臉色蒼白一動也不動，接著對他說話的是李。

「您實在無法原諒令郎捨棄故鄉前往熱帶，因此在他居然恬不知恥地回來以後，您一直想著要給他點懲罰。您從令郎那裡聽說了安京．阿札克的事，雖然覺得非常愚蠢卻還是姑且一試，是這樣沒錯吧？」

莫雷氏垂頭喪氣。

「我只是想，要是稍微、稍微吃到點苦頭的話，哈羅德應該也會有所反省的。是我太膚淺了，該反省的是我。」

李若有深意地重重點了頭。

「懲罰或者報復這種事情，很容易一不小心就過了頭。畢竟很少人考慮到會引起反動、反作用之類的。」

「實在丟臉。」

「既然您已經明白了，那就不用太在意。不過，我方的工作算是完成了，因此打算讓這個案件結案……」

「是要談謝禮嗎？」

「不，本騎士團稱之為贊助會費。唔，這次連同雜費計算起來是九十五磅九先令四便士。零頭就當成贈禮，麻煩您支付九十五磅九先令。」

莫雷氏進了書齋很快便走出來，將寫有九十五磅的支票交給三位白銀騎士團的成員。戈什確認過收下的金額和簽名，以相當貼心的語氣說：

「我們並沒有要對名門貴族的家庭教育插嘴，該怎麼處置令郎和令嫒，想來當家之人也有您自己的意思。當然，如果您需要商量的話，我們也能好好應對……」

「不過，這就需要另外付費了。」

兩位東方人彬彬有禮地低下頭，退到年輕主人後方。

「那麼，約瑟夫爵士，我們繼續留在此處只會給莫雷家添麻煩，還是馬上回倫敦吧。」

「在這裡磨磨蹭蹭也不會有好事，好啦，我們快走吧。」

於是五分鐘後，載著三位客人的莫雷家馬車，匆匆忙忙地往愛丁堡出發。

在搖搖晃晃的馬車中，坐在主人對面的印度人亮了亮那張支票。

「回倫敦後把這個存到當家的帳戶裡，找一支比較好的股票投資吧，那邊有可以信賴的仲介員。」

「咦，你有在買股票嗎？」

「是啊，有在買。用我微薄的薪水。」

「真抱歉薪水微薄啊。」

「您要是覺得抱歉，就應該要修正，這樣才是紳士。」

「認知與行動是不同的。」

「說得也是。」

短暫的沉默之後，主人首先打破僵局。

「姑且當成參考我就問問，戈什你靠股票賺了多少？」

「兩千磅左右，還沒有很多。」

「呃、噢，還滿厲害的啊。」

「一開始只有五磅呢。」

「噢，這樣啊，那李呢？」

「李比我少，但應該也已經超過一千五百英鎊了。還有安妮……」

「還有安妮？」

「進場的時候是一磅，如今應該差不多存了五十英鎊吧。」

車輪似乎輾過了石子，馬車大幅震動一下。不過約瑟夫皺眉並不是因為車子。

「搞什麼，大家都比我有錢嘛！我才希望你們付薪水給我咧。」

「所謂薪水是針對勞動支付的東西。」

印度人這麼一說，中國人也稍微正色後告知主人：

「約瑟夫爵士，我們是受雇於費茲西蒙斯家的人，難道您認為我們是不理會主人家，只為了自己而圖那些利息資產嗎？」

「咦，所以是……」

「費茲西蒙斯家的資產憑藉股票運用，目前已經達到八千八百四十英鎊，三個月以內應該會達到一萬英鎊。」

「一萬英鎊？太、太棒啦。」

「要是在約瑟夫爵士這一代，費茲西蒙斯家跌落為貧困階級，我們就太對不起前代主人了。」

口中說出彷彿將忠誠心化為實體的言語，李直直盯著他那開始陷入一片妄想的主人。

「聽好了，約瑟夫爵士，那些是費茲西蒙斯家的資產，可不是您個人的零用金喔，請您不要誤會了。」

「那不是一樣嗎……啊，不、唔，我知道啦，我才不會搞混呢。話說回來，股票形成的資產，要怎麼樣才能從戶頭裡領出來啊？」

「您要知道這件事情，是打算做什麼呢？」

「不，我沒有要幹嘛啊。只是單純地，那個，我畢竟是費茲西蒙斯當家主人，有嚴正管理資產的責任義務嘛。」

雖然約瑟夫盡可能找到最適合他的藉口了，但東方人隨從們可不會就此上當。印度人咧嘴一笑。

「約瑟夫爵士，您不用擔心。在真正需要的時候來臨前，我們一定會好好管理的。」

「我們，是指你和李？」

「還有一個人。」

「不會是姑母大人吧？」

「不，是安妮。李、安妮和我三個人的簽名少了任何一個，要從戶頭領個一分錢出來都辦不到。」

約瑟夫死命壓抑著自己的扭曲表情。

「這、這樣啊，還真是銅牆鐵壁般的防禦呢，簡直跟旅順要塞一樣。」

「承蒙您如此稱讚，實在惶恐。」

「我是諷刺！」

「哎呀，原來如此，我沒聽出來呢。」

馬車再次搖晃。印度人萬分慎重地將支票收進上衣內袋裡。約瑟夫的視線追著他的動作，然後開了口。

「我想問一件事情。」

「您請儘管問。」

「到底要怎麼做，才能靠股票賺錢啊？」

——這是秘密。

印度人並沒有這麼說，而是豪氣干雲地點點頭。

「其實非常簡單的。」

「所以我就是在問，到底要怎麼做啊？」

「在大家都想賣掉的時候便宜買下，大家都想買的時候高價賣出。只要這樣，想賺多少就能賺多少。」

「……完全沒有參考價值。」

看見約瑟夫一臉不悅，東方人隨從們對看一眼，露出了梅菲斯托費勒斯般的笑容。

「哎呀，約瑟夫爵士不需要在意下流的金錢之類的事情啊，還請專注在白銀騎士團的工作上。」

「戈什說的沒錯。回到倫敦之後，還有新的委託書和安妮自豪的肉桂派在等著約瑟夫爵士呢。」

「你以為可以用肉桂派來糊弄我嗎！等回到倫敦，我一定要讓你們搞清楚誰才是費茲西蒙斯家的當家主人！」

「好的好的。」

三名白銀騎士團成員搭乘的馬車大前方，汽笛聲響徹。雖然離天亮還早得很，不過那是由格拉斯哥出發、經愛丁堡前往倫敦的首班列車。

馬車加快了速度，在陰暗的荒野上疾馳往愛丁堡。

白銀騎士団のささやかな冒険

白銀騎士團
的小冒險

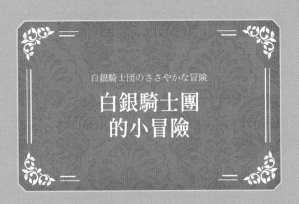

第 1 章

南半球からの客

來自南半球的客人

I

「倫敦的十二月就只有一個優點——那就是比十一月好。」

不知這句話是誰說的。儘管說法五花八門，但大多數的倫敦人應該都會聳聳肩表示同意。冰冷的雨滴和泥濘終於告一段落，進入陰天與雪花的季節，閃爍著藍寶石般的光芒；在冬季陽光照耀下的積雪，看起來倒也有點像巨大的珍珠堆。

一九〇五年十二月十二日早晨，位於倫敦西北部倫德爾街上的費茲西蒙斯家中，接近九點時，主臥室裡的當家約瑟夫．恩斯特．費茲西蒙斯剛剛醒來。雖然已經九點，不過這個季節天空並沒有完全明亮，二十四歲的約瑟夫在陰暗中坐起身來，嘆著氣喃喃自語。

「唉，好想變成熊喔。」

要是一頭熊，就能冬眠了。

雖然維多利亞女王在夫君阿爾伯特親王離世後，一輩子都穿著有如喪服的黑衣，不過在二十世紀開始時，她也已經辭世，享壽八十一歲又八個月。她以女王的身分在位六十三年多，同時君臨印度二十四年。

現在的英國國王是她的兒子愛德華七世，但由於母親相當長壽，因此他即位的時候也已年屆六十。他將王朝名稱由漢諾威王朝更改為薩克森-科堡-哥達王朝，並積極推動外交政策。

「約瑟夫爵士！主人！您也該起床了吧！早就該吃早餐了！」

活力十足地對著寢室大門吼叫的，是年輕女性的聲音。那是出身愛爾蘭的女僕，十七歲的安妮。約瑟夫原先只含糊地應了一聲，但在他聽見紅髮女僕對著走廊牆壁上掛的英國國王肖像怒吼後，就立刻從床上跳了起來。

「侵略我家鄉愛爾蘭的英格蘭人壞蛋頭子！你這個惡魔的手下！愛德華七世，下地獄去吧！」

約瑟夫慌慌張張從門後探出頭來。

「哎……喂！妳說話小心點，怎麼對著國王陛下亂說那種話……」

「請您別太在意，約瑟夫爵士，我只是對著肖像說這些話，並不會對他本人說的。」

「這是當然的啊，怎麼能讓妳做那種事情！首先，我家什麼時候變成反英激進份子的巢穴了？我可是國王陛下忠誠的子民……」

「好啦好啦，您快去餐廳吧。」

兩名身穿隨從服的青年異口同聲說出了這句話。他們分別是印度人戈什和中國人李。看見年輕主人還穿著睡衣，兩人面不改色地一起擠進寢室裡扒了他的衣服，又東一件西一件套上，幫他換成白天應有的服裝以後，就拉去了餐廳。

桌上擺著典型的英式早餐。荷包蛋、培根、薄吐司、烤蕃茄、燕麥，以及紅茶。雖然也放了牛奶，不過約瑟夫不一定每天都會在紅茶裡加牛奶。然而除此之外，幾乎每天毫無變化。約瑟夫並不覺得厭煩，也不在意荷包蛋煎的程度如何，迅速吃了起來。

——每天都吃這些，還真是不會膩呢。

戈什的臉上似乎是這麼寫的，約瑟夫想。中國和印度都是美食的國度，因此肯定受不了英國人的餐點如此單調，還會覺得很蠢吧。但這種想法其實只是約瑟夫感覺自己低人一等。

等到約瑟夫用完餐，太陽已經為倫敦的街道投下白色光芒。他離開餐廳後，又去了趟洗手間便進了圖書室。李和戈什就跟在他後頭。

「您一大早就到圖書室做什麼？」

「想說來寫個小說吧。」

怎麼又是這麼無厘頭的想法？李一邊在心裡皺眉，表面上卻只是輕輕咳了一聲問道。

「戀愛小說嗎？像《紅樓夢》那類的。」

雖然李試著提出自己國家的名著，但約瑟夫非常認真地否定了這點：

「戀愛是要談的，不是用來讀的。」

「哈哈，您說的是。」

「你看這個。」

約瑟夫拿起一本皮革封面的書籍，給李看了看。

「D‧R‧A‧C‧U‧L‧A……」

「這唸作《德古拉》。」

「噢，是吸血鬼的故事嗎？」

李也知道這本書。這是八年前劇場相關人員伯蘭‧史杜克所撰寫的奇幻小說，在他的印象中是人類會變成蝙蝠之類的故事……。

「這本書怎麼了嗎？」

「這樣你還看不出來嗎？」

「要賣給古書店嗎？」

「你為什麼會這樣想啊！」

「噢，想說可能您手頭又不太方便什麼的……」

「不是！我才不是要說那種小家子氣的事情！」

約瑟夫將《德古拉》放在書桌上，又拿起另一本書。

《財神有難》。

這是一九〇二年出版的美國暢銷小說。

「哈哈，這次是一舉致富的故事嗎？」

「才不是那麼普通的故事。」

這本小說的主角突然繼承了祖父龐大的遺產。他非常高興，但是要繼承全部遺產的話有個條件，「他要先收下一百萬美金，然後在接下來的一年內全部花光。」

「怎麼會有這種條件，真是搞不懂。」

「天曉得，我又不是作者。」

「話說回來，區區一百萬美金，要是資產家隨便揮霍或者捐款都能用掉吧。」

「所以說沒有那麼簡單啊。」

後面還有其他條件：不能買股票或土地、捐款或賭博最多只能用百分之五、也不可以提高僕役們的薪水……。

「真是討人厭的老頭子。」

「結果呢，主角怎麼做？」

「他去參加選舉。」

中國人和印度人完全能夠理解。

「噢，原來如此。」

「美國的名產就是金錢選舉吧，結局又是如何呢？」

「不知道，我還沒讀。我想說的是，我正在學習如何才能寫出賣座的小說啦。」

「那是能學習的東西嗎？」

聽見李這疑問，戈什回答了：

「哎呀，畢竟現在是迦利末世嘛。」

「迦利？」

「又叫迦利・宇迦，指的是人類史上最後且最惡劣的黑暗時代。」

「喔？不過現在的確很難說是像天堂一樣啦。」

約瑟夫失望地喃喃問道：

「那是從什麼時候開始，又是什麼時候結束啊？」

「以西曆來說是從紀元前三一〇二年開始的。」

「什麼，從金字塔蓋好的時候就開始了嗎？還真長哪。」

「而且長達四十三萬二〇〇〇年。」

約瑟夫非常認真地盯著他的印度人隨從瞧了瞧，然後搖搖頭。

「印度人的時間感還真是含糊啊。如果那個什麼迦利還會持續四十萬年以上的話，不就表示人類還有四十三萬年都不會毀滅嗎。」

「這我們是沒辦法確定啦……」

「除非是搭乘時間機器吧。」

H．G．威爾斯和法國的儒勒．凡爾納並稱為科幻小說之父，《時間機器》一書發表的時間正好是距今十年前，之後他又相繼發表了《莫羅博士島》、《透明人》、《世界大戰》等作品，被譽稱為天才。當時他也才三十來歲，又是個美男子，因此與許多女性都傳有誹聞，對於約瑟夫來說，是相當憧憬的對象之一。

雖然約瑟夫在南非被黃金和鑽石壓死的夢想已經破滅了，不過還是有可能成為世界史上的偉人。人類尚未到達過南極點、沒有登上聖母峰山頂、也還沒有找到中國長江的水源，但凡能辦到其中一項，鐵定能成為偉人。但問題在於，相較起探險或者登山，他更喜歡午睡。

此時玄關方向忽然傳來門環大作的聲響，非常強烈、而且急促。李立刻跑過去，又馬上回來報告。

「約瑟夫爵士，肥羊來了。」

「不要用那麼下流的詞，那是客人。」

「名為客人的肥羊。」

「算了，快點讓他進來吧。」

約瑟夫連忙跑到鏡子前，用梳子理了理凌亂的頭髮。

II

出現在他們面前的是一名中年巨漢。

年齡應該是五十來歲吧，有著一頭銀灰色的髮絲，相同顏色的眉毛及鬍鬚。身高六呎，肩膀及胸膛都相當魁梧。戈什彬彬有禮地接過客人的外套，看見他的頸項被曬得紅通通。紅脖子，這是居住在熱帶的白人特徵。

「我是格雷戈里．肯特爵士。」

「在下是約瑟夫·恩斯特·費茲西蒙斯爵士。」

「我從南非來的。」

男人大膽地打量著接待室。

「我曾經和波耳人作戰，相當愛國的。」

他的情緒高昂，抬頭挺胸直言不諱。

「真是太令人佩服了，沒想到竟然有波耳戰爭的勇者來訪。」

約瑟夫刻意擠出大受感動的音調。其實他一點也不感動，不過人類社會裡畢竟存在所謂的社交用語。

「你沒有參加戰爭嗎。」

「我當時還只是個上大學的小輩。」

「有些年輕的義軍和你同年呢。」

「這樣啊。」

波耳戰爭是一八九九年十月到一九〇二年五月期間於南非發生的戰爭，又被稱為「南非戰爭」，但那並非黑人與白人之間的戰役，而是白人之間的戰爭。波耳人是十七世紀就移居至南非的荷蘭血統之人，當中也混入了一些法國血統。

到了十九世紀，英國人也去了南非，於是南非被分割為波耳人建立的川斯瓦共和國、奧蘭治自由邦，以及英國人建立的開普殖民地三塊。原住居民的黑人們則完全沒有任何權益可言。

剛開始白人們還和平共存，但是就在川斯瓦共和國發現黃金和鑽石的大礦脈以後，事情馬上發生變化。開普殖民地和英國本地都有英國人受到欲望趨使，湧進川斯瓦共和國，和波耳人發生爭執。英國也企圖將開普、川斯瓦和奧蘭治整合在一起，成為自己的屬地。波耳人自然大為反彈，於是戰爭便開打了。

這完全是英國的錯，但也是因為波耳人讓人有機可乘。最先是他們從當地的原住居民黑人手上搶奪土地，甚至對他們有嚴重的種族歧視。黑人、波耳人與英國人之間在土地、人權、稅金、強制勞動等方面都有各種大大小小的紛爭，統治者只好增加軍隊，於是一八九九年十月十一日，戰爭全面開打。

「我以將校身分參加了『帕爾德伯格戰役』。」

「這樣啊。」

約瑟夫試著表現出感慨。

「您一定相當英勇吧。」

得到的答覆也相當爽快。

「我射殺了三個波耳人。之後用來福槍的槍身毆打了幾個人，用軍刀刺殺了幾——哎，說老實話波耳人還挺能打的，不過那四千個人最後還是舉了白旗。」

波耳戰爭最後是由大英帝國取得勝利，雖然得到廣大且豐裕的殖民地，代價卻很高。面對三萬八千名波耳人軍隊，居然得要派出五十萬人大軍，戰爭費用更高達兩億兩千三百萬英鎊，結果壓迫了國家財政。

同時這件事也大幅降低了大英帝國在國際上的威嚴。畢竟不管怎麼看，只會覺得是強大的英國在欺負弱者，因此會有這樣的結果也是理所當然。德國和法國都當自己沒做過這種事一樣大肆批評、嘲笑英國。

「那些傢伙不過是羨慕嫉妒英國罷了。」

格雷戈里．肯特爵士將壯碩的身軀往那帶有扶手的椅子上一擺，椅子隨之嘎吱了一聲。肯特並沒有特別粗暴，然而那張有點老舊的椅子仍然發出了聲音抗議他壯碩身軀的重量。

「到了新世紀，英國會更加繁榮。法國人和德國人就如同喪家犬在一旁咆哮就行了。」

椅子再次嘎吱作響。哎呀，到底是上了年紀哪。約瑟夫將椅子當成人類一般同情。真希望這次能夠做筆好生意，賺點能夠換把椅子的錢，好讓它退休哪。

「呃我說，派翠克爵士。」

「我是約瑟夫。」

「哎呀抱歉，不過你的名字還真容易記錯呢。」

到底是怎樣才能把約瑟夫和派翠克這兩個名字弄錯的啊?約瑟夫在內心不住吐槽對方，並且盡可能不要表現在臉上。

從服裝上看來，對方是個許久不見的大客戶。若非如此，早就把他踢出門了。話說回來，這傢伙還真是有夠誇張的。到底什麼時候才要進入正題啊?

就在約瑟夫天馬行空思索之際，那位自稱格雷戈里・肯特爵士的男人正打量著年輕的準男爵。看來客人正在觀察……不，評估自己的價格吧。約瑟夫試著優雅地微笑，面帶自信，但不讓人感覺傲慢。對於風采其實尚稱高雅的約瑟夫來說，這並非太過困難的演技。

「你也真是個怪人呢。不請管家，只有東方人隨從和愛爾蘭女僕嗎？」

「是的，過得節儉些。」

約瑟夫的回答不全是謊言，但也算不上真相。事實就是，他因為付不出雇用管家的薪水，所以才過著簡樸的生活。

「我不覺得有什麼問題。」

「南非是個好地方喔。」

其實到了目前一九〇五年，南非在政治上都還沒有正式統一，形式上仍然是開普、川斯瓦、奧蘭治的三國鼎立狀態。英屬南非聯邦要到一九一〇年才會成立。雖然大家並不是很在意，但其實當時所謂的南非還是地理上的名稱而非國名。

「在那裡，不管是哪個人種都明白自己的身分呢。雖然也有例外，不過能夠靠權威和法律來矯正。」

「噢……」

「要掌控東洋的偶像崇拜者們，應該是相當辛勞吧。」

「面對基督教徒有時也是挺辛苦的呢。」

「嗯哼，唉，也是啦。」

客人微微揚起嘴角，刻意大笑出聲。約瑟夫將笑容降低了百分之五，終於忍不住主動切入正題。

「那麼，您要不要談談來意呢？」

「噢，說的也是。」

面對已經有些不耐煩的約瑟夫，肯特刻意用力點點頭。

「是有事情想要委託你。」

這種廢話我當然知道——這是約瑟夫的心聲。幸好不是來討債的——這是戈什和李的心聲。

「是什麼樣的委託呢？」

「我和家人的性命危在旦夕。」

「聽起來很糟糕呢。」

「所以我希望你保護我和家人的性命，抓住那些打算危害我們的傢伙。」

約瑟夫迅速地看了兩位隨從一眼，然後提出理所當然的疑問。

「您去找過警察了嗎？」

「警察？」

肯特的語氣中充滿了輕蔑。

「那些十五年了還無法逮捕開膛手傑克的傢伙，是能指望他們什麼！」

「實在抱歉。您說您的生命遭受威脅，是否有印象招人怨恨之類的呢？」

「我一向活得光明正大。」

「這個世界上也是有人會以怨報德的。」

「確實如此。以怨報德啊……？一定是這樣，一定是的。」

肯特重複著話語點了點頭。很難判斷他是因為堅信自己是正確的，又或者是想說服自己。

「這件事我原本想委託夏洛克．福爾摩斯先生的，可惜他兩三年前退休了啊。」

「他是非常偉大的偵探，但終究敵不過年齡。」

約瑟夫心高氣傲地應道。客觀來看，他在年紀較輕這點上，自然是勝過福爾摩斯的；那麼其他方面呢？嗯，大概就是逃跑的速度不會輸人吧。

「我聽說你是安德烈．費茲西蒙斯爵士之子，因此想來委託你。」

「您認識亡父嗎？」

「並沒有見過。不過我聽說他會使用銀製武器，打倒那些非人類的怪物。是真的嗎？」

「是真的。」

「那就好。」

「您不喝點紅茶嗎？」

對方的回答完全超乎約瑟夫的想像。

「真正的上流階級是喝綠茶的……你該不會不知道吧？」

這傢伙是為了要惹我生氣，特地從南半球來訪的對吧。約瑟夫在內心掐住了肯特的脖子，但經濟上不允許他實踐這個行為。要是因為自己一時大意而讓大客戶跑了，中國人、印度人還有愛爾蘭人肯定都會瞪死他。

「我真是太不小心了，還請您原諒我的失禮。」

「怎麼會呢，年輕人不知道的事情可多了，不需要覺得丟臉。」

「我立刻讓人拿綠茶來。」

「不，不必，我不是來喝茶的。我要告訴你的煩惱是這樣的，從我自南非回國之後，我和家人都為了波耳人的幽靈感到相當煩惱。」

III

「波耳人的幽靈……嗎？」

約瑟夫思考著。銀製子彈能對付幽靈嗎？印度人和中國人也在年輕主人的背後快速交換了視線。

「是被稱為幽靈的波耳人男性。」

肯特立刻打住了約瑟夫的疑惑。

「那傢伙學會了非洲人使用的黑魔術。」

肯特的聲音和表情就彷彿他自己是個黑魔術師。至少約瑟夫這麼認為。這個來自南非的人，個性有夠讓人厭煩。

為了重整心情，約瑟夫提出問題：

「具體上來說是什麼樣的黑魔術呢？」

「要是具體知道，就不用這麼辛苦了。」

「您說的是。」

「哎呀，在我知道的範圍內，說起來好像是在遠距離殺害他人、或者讓對方發狂之類的。」

「實在非常糟糕呢。」

「我一開始就這麼說了。先不管那個，你覺得怎樣，可以接受我的委託嗎？」

約瑟夫並未馬上回答，肯特自己就提出了條件：

「訂金一百英鎊，成功報酬五百英鎊，當然另外需要的經費都會支付，你覺得如何？」

約瑟夫腦中的天秤到方才都還保持著精微的平衡狀態，但這時完全倒向一邊。他假裝陷入沉思，實則快速瞟了眼隨從們的表情，但因為無法確認他們的反應，只好問個問題來爭取時間。

「此事讓您如此擔心嗎？」

「我是還好，畢竟非洲人的黑魔術之類的我是不信啦，也不會害怕。現在可是二十世紀喔。」

「是迦利末世呢。」

肯特把約瑟夫的話當成耳邊風。

「害怕的是我的家人。」

肯特粗勇的手往西裝內袋裡伸。雖然看起來很像是掏槍的動作，不過他那根粗壯的食指與中指拉出來的是一張照片。

「這是我和家人的合照。」

「能讓我看看嗎？」

肯特默默遞出照片。約瑟夫彬彬有禮地接過來看了一眼，照片上的成人和孩童加起來總共有六名男女。不過約瑟夫眼睛的焦點全都集中在一名年輕女性身上，忍不住發出了坦率的讚嘆聲。

「真是位美麗的小姐哪。」

「照片上還有我的妻子和兒子們呢。」

客人的聲音聽上去佈滿了帶刺的譏諷，不過約瑟夫可不會在意這種小事。儘管這是張黑白照，所以看不出她的髮色和瞳色，但這卻是從她父親身上所無法想像的豔麗。

印度人和中國人不經意地越過主人肩頭看了眼照片，然後兩人一起用膝蓋頂了頂約瑟夫坐的那張椅子。這表示，請不要太過著急。

「小女已經和哈特福德子爵訂了婚。」

還不到十秒，約瑟夫甜美的夢想靜靜化為碎片。肯特家的小姐年齡應該將近二十歲，訂了婚也是理所當然。

約瑟夫勉強擠出喪失熱情的聲音。

「呃，我記得哈特福德家應該是伯爵家……？」

「對象是伯爵的長男。」

「噢，原來如此。」

雖然一概稱為貴族，但是擁有爵位的只有當家主人，在法律上其他家人都是平民。不過慣例上會稱呼長男為父親下一階級的爵位。因此哈特福德伯爵的長男，就稱為哈特福德子爵。英國的貴族制度相當麻煩，但無論如何，對方身為子爵，地位就比準男爵的約瑟夫還高。

約瑟夫總算將視線轉向肯特家的其他人。戴著帽子年約四十左右的女性，應該就是肯特夫人了。雖然不知為何表情相當嚴肅，但年輕時想必也是位美人。男孩子有三個，年紀看起來大概是十七、十五、十二歲吧。不過這些人，不重要啦。

肯特直接向戈什搭腔。

「你是印度人對吧？」

「沒有錯。」

戈什恭敬地低下頭。約瑟夫想，你對身為主人的我應該也要這麼鄭重吧！但畢竟是在客人面前，這些話只好吞進肚子裡。

「波耳戰爭的時候，我大英帝國軍中也有印度人部隊。」

「我也有聽聞這件事情。」

「不過他們還真是幫不上什麼忙呢。那些印度人統領不了隊伍，根本不能在統一的指揮下整齊作戰。所以就算人數眾多興起叛亂，大英帝國也是永遠不敗的。」

他用政治家風格的語調一口氣說完，竟然還繼續說下去。

「不過哎呀，還是比中國人好多了啦。那些傢伙除了錢和鴉片，什麼都不在乎呀。想必不久後應該也跟印度一樣會變成大英帝國的領地吧。這樣對你們也好，畢竟你們根本沒有人民的政治。」

見肯特的視線投來，李也回了個禮。

「我們也非常希望能夠有理想的政治。」

「呵呵，這樣啊。」

肯特發出了做作的笑聲。

「約瑟夫爵士，雖然我有點意外，不過你的僕人們倒是挺有教養的嘛！我相信你，你要是願意接下委託，我現在就簽一百英鎊的支票。」

「多謝您的好意，但我無法接受。」

這個回絕來得出其不意，肯特的反應慢了好幾拍。

「……我覺得交易條件相當不錯呢。」

「並不是條件的問題……」

約瑟夫正要開口回答，中國人和印度人同時動了起來。他們從左右兩邊挾持住剛起身的約瑟夫，抓住他兩邊手腕。

「客人，不好意思，我們要暫離一下。」

兩人向肯特行了個禮，挾持著年輕的主人，打開了隔壁房間的房門，又關上。約瑟夫在並不寬敞的圖書室中呻吟。

「到底是搞什麼啊，怎麼會有僕人妨礙主人發言的啦！」

「搞什麼？我們才想問您在搞什麼呢。」

李同意戈什所說。

「沒錯，條件這麼好的委託，不能毫無理由就拒絕。」

「我才要說理由，你們就把我拉走啦。問題不在於條件！那個南非傢伙侮辱我的隨從、還嘲弄你們的同胞耶！」

印度人輕輕舉手制止了主人。

「侮辱什麼的，早就習慣了。」

「李，你不生氣嗎！」

「毫無生氣的價值。」

中國人的表情相當平穩，但不知道心裡在想些什麼。約瑟夫雖然習慣了，卻覺得這大概就是白人會覺得東方人很詭異的理由吧。約瑟夫深吸了幾口氣，語氣苦澀地問：

「那應該要怎麼做比較好？」

「提高報酬金額。」

中國人說得理所當然，印度人又加以補充。

「只要從他身上大撈一筆就行。就讓他好好明白，無禮的行為得要繳很重的稅金就行了。」

「原來如此，你們是做這種打算啊。如果你們覺得這樣行的話，那我就定他個侮辱罪吧……」

約瑟夫輕輕擊掌。

「好，我決定了。就從那傢伙身上大撈一筆吧。」

「真不愧是約瑟夫爵士，和女性無關的事情都能如此果斷。」

「不要從奇怪的角度奉承我。不過若對方拒絕的話，又該怎麼辦啊？」

「那時候就照您最一開始的打算，回絕他就好啦。」

IV

約瑟夫才剛回到接待室，還來不及辯解，肯特便先聲奪人地問：

「你是牛津大學畢業的嗎？」

「不，是劍橋……」

而且花了五年才畢業。這類事情就沒有多嘴說了。肯特輕輕一哼。

「噢，那就和塞西爾．羅茲沒關係了。」

「您討厭塞西爾．羅茲爵士嗎？」

「我的語氣聽起來像是那樣嗎？」

「唔，是呢。」

塞西爾．羅茲可說就是興起波耳戰爭的人，他出生於牧師之家，牛津大學畢業後就前往南非。由於成功挖掘到鑽石而成為億萬富翁，但他仍不滿足，硬是搶來更多的鑽石礦脈及金礦礦脈，將手伸向北方、把一百萬平方公里多的廣闊土地都化作英國的殖民地。在一九〇二年去世後留下六百萬英鎊捐款給母校。

如今一九〇五年，英國首相是自由黨的甘貝爾-班納曼。波耳戰爭的時候，他嚴厲批評英國軍隊司令官基秦拿的嚴酷戰略。

「勝利者」基秦拿由於其功勳而在一九〇二年獲封子爵之位，現在以「英屬印度軍總司令官」身分待在印度。從遠方到更加遠的地方去，相當辛苦。
「若是為了波耳戰爭的復仇，那麼基秦拿將軍更應該是復仇對象呢。」
「基秦拿可是大英帝國的英雄！」
「當、當然是了。不過，也因為這樣，所以他應該會遭波耳人怨恨……」
「哪有戰爭不被敵人怨恨的！」
「對您來說也是如此嗎？格雷戈里爵士。」
約瑟夫不經意地試著打探，但是肯特的防禦心卻非常強烈。
「只要英國人尊重我就夠了，就算不是敵人，外國人怎麼想又與我無關！」
肯特打量著約瑟夫。
「你是白銀騎士團的領頭人嗎？」
「在下還不夠成熟，但的確是。」
對於約瑟夫如此拙劣的謙虛，肯特再次發問。
「那麼，還有幾位騎士呢？」
「所有人都在這裡了。」
肯特的視線從約瑟夫的臉掃向李的身影，然後移動到戈什的身上，環視了整個接待室。
「……不會吧。」
「您是指什麼事情呢？」

「該不會印度人和中國人僕人，也都是騎士團員吧？」

由於過去也曾經被問過這個問題，因此約瑟夫泰然處之。

「在亞瑟王的宮廷裡，也曾經有一位叫做帕拉米度斯的摩爾人騎士喔。」

摩爾人是居住在非洲地中海沿岸、信奉伊斯蘭教的民族。肯特重重吐了口氣，瞪著約瑟夫。

「東方人可是相當憎恨我們白人喔。」

「畢竟我們做了很多會讓他們憎恨的事情嘛。」

頓了一秒，約瑟夫又說下去：

「而且現在也還在做呢。」

「那又如何。我想說的是，能信任那些傢伙嗎？他們很可能隨時打算報復白人——」

「我並不贊同德國皇帝的黃禍論。要是問我的話，我認為德意志大帝才是最危險的人物。我想那男人不久之後一定會引發相當要不得的事情。」

「大帝可是——」

「啊啊，大帝離倫敦可是有五百英里以上呢，還是別管他了。我們是不是該把話題拉回工作了呢，格雷戈里爵士。」

看了看約瑟夫和站立在他左右兩邊的東方人，格雷戈里·肯特爵士重重哼了好幾次。

V

約瑟夫反覆看著手上那張兩百五十英鎊的支票，好不容易才出聲向印度人和中國人搭話：

「喂，變成這樣，是要怎麼辦啊？」

「請律師過來，協助我們製作正式的契約書。」

戈什相當冷靜地回答，旁邊的李也點點頭。

「真的嗎？這樣真的好嗎？」

格雷戈里・肯特爵士剛才從約瑟夫家憤然離去。他一把搶走李遞過去的絲絨帽以及戈什遞出的外套，腳步聲也很粗暴。在更加的粗暴的關門聲後，他走到了外頭積雪的路上。

「以紳士來說，他稍微欠缺了些自制力呢。」

聽了李的感想，戈什也點點頭。

「的確，我還以為他會揮拐杖施暴呢。」

「他心情不好也是理所當然的，畢竟訂金兩百五十英鎊、達成報酬一千英鎊，這也實在太凶狠了吧！」

「提出這要求的可是約瑟夫爵士您自己呢。」李說。

「那、那是因為，你們這樣教唆我……」

「而對方最後也接受要求了，交易成立。有什麼問題嗎？」

「當然有問題啊，戈什。」李說。

「簡單來說是個無法信任的委託人。結果他到底為什麼會接受這麼誇張的條件，根本就沒有說明相關事情。」

「你們覺得這是什麼情況？」

「無論付了多少錢，都會有無法解決的事情。約莫如此吧。」

「可能有不想拜託警察的秘密？」

「哎呀，約瑟夫爵士，您接了個危險的工作呢。」

約瑟夫忍不住從椅子上稍稍起身。

「我本來想要拒絕的啊！可是惡魔的手下制止了我，還叫我要大撈一筆！」

李和戈什對看一眼，一同聳了聳肩。

「哎呀，我們也沒想到，對方竟然會接受那種條件啊。對吧，李？」

「一般是不會接受的啊。」

「英國人還真是欠缺常識……」

「吵死了，不要怪罪到英國人身上啦！」

約瑟夫雖然哀嘆不停，但說到底接下工作的還是他自己，所以他也沒辦法一直指責隨從們。寫在支票上的金額，成了名為責任感的鎖鏈束縛住他。

「無論如何，最好還是多加小心吧。」戈什說道。

「根源在南非，這點是相當清楚。得要弄清楚他的過去呢。」李說。

基本上他們是聽肯特親口說過了，但這並沒有第三者的保證。理所當然必須考量他可能隱瞞了對自己不利的事實。

「是不是在強制收容所那裡，做了會招人相當憎恨的事情？」

「收容所當中的波耳人超過三分之一死亡，聽說嬰幼兒將近半數都死了。」

「呃、唔，我知道那件事……」

約瑟夫的聲音失去了活力。

波耳戰爭中，大英帝國五十萬軍對上三萬八千波耳人，本該是輕而易舉，但是在萊迪史密斯、馬朱巴、馬傑斯方丹、斯托姆貝格、科倫索等幾處會戰，英國軍都吃了敗仗。好不容易靠著人多勢眾而增加了一些佔領區，卻遭受精通當地環境、神出鬼沒的波耳軍游擊戰攻擊。

忍無可忍的英國軍隊為了解決游擊戰的問題，基秦拿將軍下達了非常手段的命令。他將波耳人的城鎮、村莊及農場都燒個一乾二淨，把所有女性與孩童趕出來，將他們關進了用鐵絲網圍起來的強制收容所。人數大約有四五萬人。沒有給他們什麼食物或者醫療用品，因此當中超過三分之一的人都病死或者餓死了。

將佔領地的非作戰人員送進強制收容所這種近代戰爭的惡夢行為，英國軍可是比德意志納粹還早了四十年。這不但引發諸國的強烈責難，在英國國內也掀起了批判風暴。

「如此殘忍的作法，只會導致憎恨與復仇心，我堅決反對這麼做。」

說這話的是法雷迪．羅伯茲將軍。他原先是波耳戰爭的英國軍隊司令官，但由於「手法太過寬鬆」而被下令由基秦拿取代。他並非和平主義者，在鎮壓反英鬥爭上也相當不留情，但與基秦拿相比仍算是個穩健派。

代表英國的文化界人士，則推演出將祖國行為正當化的論點。像是榮獲諾貝爾獎的《叢林奇譚》作者魯德亞德．吉卜林，以及為夏洛克．福爾摩斯撰寫傳記的柯南．道爾等人。當然也有人大肆批評「這是繼鴉片戰爭之後的大英帝國恥辱」、「快中止那種毫無人道的行為」等。畢竟能夠光明正大批評政府及軍隊，正是大英帝國顯而易見的優點。

VI

在基秦拿嚴酷的作戰方式下，成為受害者的並不只有人類。波耳人的農場及牧場有三萬多處都遭到焚燒，成為一片焦土，也因此有超過三百六十萬頭羊隻遭到殺害。

南非雖然被認為是「世界的盡頭」，在該處發生的戰爭卻對世界史產生了巨大的影響。由於大英帝國將五十萬大軍投入南非，因此其他地方的兵力勢必變得較為薄弱。原先就在與英國爭奪中國支配權的俄羅斯蠢蠢欲動，為了抑制俄羅斯，英國需要「東方看門狗」，於是與新興國日本訂結同盟。

目前俄羅斯與日本都和費茲西蒙斯家毫無關係。接下來就是要在肯特前來聯絡之前，盡可能了解委託人的過去和現況——說老實話就是他的真面目。

「老爸收藏的那些書籍和收集品裡面，有沒有東西能夠提供參考啊？」

戈什一臉「你先自己去調查吧」的表情，開口回答：

「您過世的父親似乎對蘇伊士運河以西不太感興趣，我們也不曾聽聞非洲的事情。」

「這樣啊，真糟糕。」

李對單手搔頭的約瑟夫建議：

「大英圖書館裡，應該有保存當時的報紙和紀錄之類的東西吧？」

「我討厭圖書館，很容易睡著。」

「請您不要說出如此不中用的話。」

「哎哎，李，人就是會有適合做和不適合做的事情啊。我們分工吧。我去銀行把支票換成現金，你去一趟大英圖書館吧。」

「你倒是輕鬆，那約瑟夫爵士呢？」

「請他保養銀手槍和子彈。」

「那我呢？」

女僕安妮開口問道。

「要麻煩妳監視約瑟夫爵士，不要讓他偷懶。」

「好的，李。」

看著快速決定這些事情的僕人們，約瑟夫有些不悅。

「啊啊，身為英國貴族，哪有人會這樣被僕人們對待的。」

公爵、侯爵、伯爵、子爵、男爵。這當中公爵的敬稱為「大人」，侯爵以下則稱為「閣下」。準男爵和騎士稱為「爵士」，嚴格說來並非貴族。

「與其在這邊發牢騷，還不如好好做您自己的工作。」

「我家可是有三百年歷史的家族呢。」

「三百年了都沒升級呢。」

安妮投以同情的目光。

「我家可不做拿錢買爵位那種卑劣的行為。」

話說得是很好聽，但其實自一七二一年以來，歷代內閣靠著收錢亂發爵位大賺了一筆，不過費茲西蒙家和此事根本無緣。理由不言自明。

「不過該做的我還是會做啦。」

約瑟夫刻意擠出帶有厭惡感的語氣。

「不然就連聖誕節都不能在暖爐前擺好裝飾品、過個愉快的聖誕夜呢。」

原先英國沒有裝飾聖誕樹的習慣，是已故維多利亞女王的丈夫阿爾伯特親王出身德國，把祖國的習慣帶進了英國。

「說得沒錯，那樣就沒有聖誕節……」

「也沒有節禮日了呢。」

李所說的節禮日，是指聖誕節隔天的十二月二十六日，這天的習慣是雇主要送僕人們禮物。贈禮也可以用現金，這流傳到後世便成為年終獎金。如果在這天沒能好好送禮給僕人，那就沒有資格雇用僕人、也會損及家族名譽。

「約瑟夫爵士要是能娶個美國石油王，還是倫敦銀行家的女兒，事情就會馬上解決了。」

「戈什，這種話在英文裡面稱為白日夢。」

「要是您把嘴閉上，樣貌生得也不壞，說是準男爵倒也不假。」

「約瑟夫爵士，您剛才好像還挺喜歡格雷戈里·肯特爵士家的小姐不是嗎？」

「你們在想什麼啊，他不是說了，女兒已經訂婚了嗎。」

「還來得及啊，訂婚和結婚又不一樣。」

「不要慫恿我！我可一點都不想叫那種詭異的男人一聲爸。」

雖然重要的客人被約瑟夫說成「那種詭異的傢伙」，然而肯特即便不是貴族，也是個紳士。

所謂「紳士（Gentleman）」並不單純指「彬彬有禮之人」，其實原先的意思是「土地持有者」。就算是資本主義的全盛時期，大地主受到的尊敬仍遠大於大工廠老闆。

約瑟夫不過是個準男爵，之所以還可以勉強自稱為「英國貴族」，正是因為名下持有土地。話雖如此，那塊地要稱為「領地」或「莊園」可還差得遠，那是僅僅五十畝的貧弱牧草地，只有管理人老夫婦養育著六十頭瘦弱的羊。土地費用也沒有繳納，到了約瑟夫這一代，連一分錢都沒有收到過。話雖如此，大概也就是這一兩年的事情而已。

雖然那裡也有所謂的「莊園宅邸」這種東西，但想當然非常簡樸，而且從祖父起就沒人使用，跟廢屋沒兩樣。不過這仍然是「持有」的東西沒錯，因此也是約瑟夫自豪的來由。

一八八〇年前後，時代開始有了明顯的變化。先前依靠領地收入過活的舊式貴族們逐漸凋零，那些站上工業革命大浪的資本家與工商業經營者的財富不斷增加。

貴族們為了保住自己的格調而絞盡腦汁，而他們想到最輕鬆的方法，就是和那些想要格調的暴發戶締結婚姻。

「看是要賣土地，還是買媳婦。」

這樣說雖然非常下流，不過想想若是要把祖先留下來的領地賣掉，那還不如接個「雖然身分不同但是嫁妝比山高」的女性進家門。說到底，現在的王室漢諾威王朝，本來不也是德國的鄉下貴族嗎。

於是貴族和資本家的婚姻也變得不稀奇，不過費茲西蒙斯家曾遇過其他要求。雖然不是婚姻，而是伯明罕的鋼鐵業者說想用市價的兩倍購買那片土地，但當然，管理人夫婦必須離開。

不過大好人約瑟夫實在做不出那種冷血的事情，他依然讓老夫婦住在小屋裡，也不催他們繳納土地費用。他心想反正也沒多久了，就讓他們住到臨終吧。即使印度人和中國人說，可以賣掉土地把一部分錢給老夫婦，但約瑟夫卻不願意。

「也是，早就料到會這樣啦。」

「約瑟夫爵士就是那種人啊。」

「我聽見囉。那裡可是費茲西蒙斯家三百年前從詹姆士一世陛下那裡拜領的土地，怎能在我這一代放棄。」

年輕主人如此冥頑不靈，隨從們也只能閉上嘴巴。

約瑟夫嘆了口氣。

「真希望我的土地上能發現黃金或者鑽石哪。」

「您要和塞西爾．羅茲一樣單槍匹馬前往南非嗎？」

「太晚啦，為什麼老爸會對中國和印度感興趣啊？要是他對南非有興趣就好了。」

約瑟夫畢竟不是聖人，總是會有這些俗氣的抱怨。

塞西爾．羅茲生前曾大放厥詞說出相當有名的台詞——

「如果神存在，那麼肯定是允許世界地圖逐漸染為大英帝國顏色的神明。」

目前看起來的確有這樣的神明存在。拜祂所賜，戈什和李的祖國才會因為英國而陷入無比慘況。但另一方面，也發生了些讓人懷疑神明是否存在的事實。

「英國不管在產業或軍事力量上，似乎都要被美國和德國超越了……」

「沒有那回事！」

「哎喲，不是已經超越了嗎？」

約瑟夫抱胸瞪著東方人隨從們。

「你們稍微尊敬主人一點吧。我可是在那種族歧視者面前保護你們耶，就不能稍微感謝一下嗎？」

「喔，那的確很了不起。」

「讓我刮目相看呀。」

「人類多少會有優點呢。」

說出這第四句話的並非東方人，而是愛爾蘭人。剛才不見身影的女僕安妮，快速收完早餐桌面以後，又回到了接待室。

「那麼安妮，拜託妳囉。」

「我們要出門了。」

「李、戈什，就交給我吧。」

約瑟夫一邊聽著僕人們的對話，一邊坐進了老舊的沙發，抱起一個抱枕，空虛地想像起理想的貴族生活。

第 2 章

北半球の秘密

北半球的秘密

I

午後，還不到下午茶時間，去了大英圖書館的李和前往銀行的戈什，一前一後回到了家裡。這段時間內，費茲西蒙斯家的年輕主人在起居間桌上攤開報紙，從第一個字讀到最後一個字。並沒有什麼亮眼的報導，也就是說世界和平。正在此時戈什回來了。

「我把一百英鎊換成紙鈔，一百英鎊換成金幣，剩下五十英鎊換了銀幣。」

「辛苦了。」

「戈什，你沒有被為難吧？」

安妮憂心忡忡地問，印度人笑著回答：

「那是我認識的銀行員，而且他還欠我賭馬的十六先令呢，很快就幫我處理好了。」

「讓我看看。」

正好此時李也回到宅子，他打開戈什放在桌上印有銀行商標的厚紙袋，先拿出了半克朗銀幣。

半克朗銀幣是二先令六便士，換算起來是八分之一英鎊。頑強拒絕使用十進位法的英國貨幣制度，讓許多外國人大感頭痛。

「這就讓人頭痛嗎？我覺得錢包空空更可怕呢。」

穴。

「真是至理名言哪，約瑟夫爵士，您不愧是年紀輕輕就經驗豐富之人。」

「不要多嘴。那李你帶了什麼回來？」

他看向李，對方可是兩手空空。李回頭看著主人，舉起左手點了點自己的太陽

「畢竟不能從大英圖書館帶書出來，所以收在這裡頭了。」

「那你拿出來啊。」

約瑟夫忿忿不平地抱怨，李則以淡泊的表情回應。

「哪本書的大概哪幾頁，煩請您指示一下。」

「我說你啊……」

「沒有多少東西，之後再說吧。」

戈什插嘴。

「那麼，格雷戈里．肯特爵士什麼時候會來聯絡後續事項呢？」

約瑟夫非常美式風格地聳動雙肩，回答：

「看他什麼時候想啊。」

「……真讓人不愉快。」

「我也這麼覺得……」

對於略顯不耐煩的約瑟夫，李回應道：

「再怎麼說，他可是付了兩百五十英鎊的訂金呢，不可能就這樣丟下不管吧。大概

明天就會打電話過來了。」

「我祈禱你的預言成真。」

眼下最大的課題是確認戈什帶回來的現金。紙鈔、金幣和銀幣加起來是不是真的有兩百五十英鎊。

「好啦，至少不用太擔心，反正作戰費用是有了。」

「沒錯，兩百五十英鎊。以訂金來說簡直是莫名其妙，不過看事情進展，搞不好還會覺得太便宜了。」

「約瑟夫爵士，您不要浪費掉了。」

「不要講得好像我一定會浪費！我手上連一分錢都沒拿到啊。至少給我一點活動資金吧，不然我連馬車或計程車都沒辦法搭。」

「您說的是。那麼，這裡是二十英鎊……」

「給我五十英鎊啦！」

「太多了。」

「不然至少也給我三十英鎊。」

「那我也稍微退讓一點好了。」

約瑟夫好不容易拿到了三十英鎊。李看著桌上的金幣嘟囔：

「一畿尼金幣為什麼會是一英鎊一先令這種不上不下的金額？如果訂為一英鎊的話，就只需要一種金幣了。」

「很煩耶你，就只是先製造好金幣，才商量決定出價格的啦。」

「嘖嘖，真沒有計畫性呢。」

「這非常英國人風格哪。」

「還不知道是哪個國家輸給毫無計畫的英國呢。不是我在說，我國可是贏了拿破崙的耶。」

約瑟夫這麼一說，戈什和李也只能沉默不語。說起來約瑟夫自己在內部看著英國，其實也常想，這種國家居然能夠支配全世界的四分之一呢。尤其是在貧民街看到醉漢或妓女，又或是前往救貧院及孤兒院這些地方時，更加如此認為。另一方面，這個世界卻又有宮殿和大豪宅、廣大的莊園有能狩獵狐狸的森林、絲綢與寶石漫天飛舞的宴會等。

而說起費茲西蒙斯家……。

稱為貴族的豪宅是有些誇大其辭了，但還是有與之相符的寬敞度及房間數量。縱然安妮非常勤勞，但光靠她一個人根本不可能全部打掃完。雖然也可以雇用薪水比較低廉的清潔婦，但約瑟夫並沒有足夠的費用，也沒有那種興趣要為那些自己並未使用的房間維持整潔。

因此約瑟夫選擇了更加簡單的方式，就是把不使用的房間全部關上，只在需要走動的房間當中過活。所以溫室、撞球室、幾間客用寢室全都上了鎖，成為「不開放的房間」，化作祖先們幽靈散步之處。

「這樣就省下打掃的功夫了，不是很好嗎？」

約瑟夫自賣自誇相當得意，三位僕人也都「忠實地」遵守他的指示。他們絕對不會讓來訪者走到後頭。

「要是會發生什麼事情，希望能先做好準備呀。一直等下去也不是辦法。」

「要去一趟南非嗎？」

「別開玩笑了，去的路上可不是光過聖誕節而已，應該都過完年了吧。」

那是飛機剛誕生的時代。要從英國前往南非，必須要在普利茅斯一帶搭船，一路橫跨大西洋到開普敦去。

「目前的問題，應該是要找到波耳戰爭的時候，認識格雷戈里．肯特爵士本人的人吧。」

「而且最好要問到其他人的證言。」

肯特具備爵士的稱號，在南非應該保有一定的社會地位和知名度才是。當然，還有財富。不過這裡是英國本土而非南非，與約瑟夫有相同地位的準男爵就有兩千人。安妮表示這實在「太瘋了」。

「光是姓肯特的就有八十個呢。」

以上是來自前往大英博物館背下最新貴族名鑑的李的報告。貴族名鑑那種東西，費茲西蒙斯家的圖書室裡也有，但那是舊版，只記載到約瑟夫的祖父那一代。

李記下的內容還包括了格雷戈里．肯特爵士出生於一八五一年、在一八八〇年前往南非，據說在該處賺取了莫大的財富。

「不過他這個持有者把鑽石和黃金礦山都交給當地的負責人，自己卻在英國國內，還真是少根筋呢。」

「或許那位負責人相當有能力又值得信賴吧。」

「當然，是個英國人吧。」

「想來也是。」

這是個種族歧視被視為理所當然的時代。自從美國的南北戰爭以來，世界主要國家在形式上廢除了奴隸制度，但對於東方人、非洲人、猶太人的歧視卻未曾降低。說起來就連英國國內，都對愛爾蘭血統的人多少有些歧視。

愛爾蘭人相當強烈希望能夠從英國完全獨立，因此也有很多愛爾蘭人認為，波耳人和他們一樣是英國的犧牲者。除了為他們加油打氣外，甚至有人成為義軍前往南非，加入波耳軍成員與英國作戰。

當然，愛爾蘭出身的紅髮女孩安妮，也是站在波耳人那邊。在「杜威博斯戰役」中波耳軍大破英軍的時候，她甚至像個美國人那樣吹著口哨。

但就在知道愛爾蘭輕騎兵團以英國軍身分被派遣到南非的時候，安妮相當憤怒。

「為什麼我們愛爾蘭人，要到什麼非洲的天涯海角不分你我殺得你死我活！這個世界太奇怪了！您不這麼認為嗎，爵士！」

「唔、嗯，真的很奇怪。」

雖然自己根本不可能對世界造成任何影響，但約瑟夫仍然必須好好回應女僕的抗議。將來若是不小心能夠踏入政界，是不可能逃避愛爾蘭獨立問題的。而且最重要的是，眼下要是安妮因為煩惱而無法好好工作，那麼費茲西蒙斯家的餐點品質就會下滑。就算是現在，李和戈什也已經夠可憐了。

「出門吧！」

約瑟夫猛然從椅子上站了起來。這名青年是相當標準的那種錢包厚了，腳步就會輕快的人。

「您要去哪裡？」

「出去以後再決定吧。李、戈什，你們要是覺得煩可以不必跟來。」

「這可不成，不能坐視那三十英鎊今天之內就被花光。」

因此只好讓安妮留守家中，三個大男人踏上了藍天下的積雪道路。幾台汽車掃起積雪與泥巴，從身旁接連飛馳而過。

「看樣子浪漫的馬車時代也要結束了呢，約瑟夫爵士。」

「是啊，看起來以後會是那種自帶車輪的煙囪，在倫敦的大街小巷裡竄走呢。」

約瑟夫的語氣雖然聽來相當具批判性，但要是他自己有汽車的話，大概就會有不同的說法吧。如果要買高昂的汽車，那麼想當然耳得要雇用職業的司機。戈什和李都會駕馬車，但不會開汽車，如果要讓他們學開車，又要花費時間和金錢。而且那段時間裡，費茲西蒙斯家沒有隨從的話，又得要雇用短期的替代人員……

簡單來說，問題就是沒有錢。

「我一點也不想奢侈過活，只要在需要的時候有夠用的錢就好了。」

為什麼就連這麼微小的願望也無法實現，約瑟夫實在很難理解。這究竟是上帝給予的試煉、還是惡魔的惡作劇呢？

「美國好像做出了叫什麼飛機之類的東西。」

一九〇三年美國的萊特兄弟發明了飛機，不過歐洲要到一九〇六年後才初次見識到那種東西。然而也有一說表示，一九〇五年時在中歐的某個小國家，曾經製作出與萊特兄弟無關的飛機，但歷史上沒人能證實這件事情。

一行人好不容易在街角攔下一輛黑色盒型計程車，司機看見李和戈什的時候皺了皺眉，但還是讓他們上了車。

II

「要去哪裡？」

司機口氣相當不悅地問約瑟夫，約瑟夫靠著「爵士」的稱號硬是搭上車，下意識開口回答：

「到唐寧街，我和下議院議員有約。」

超級大謊話。戈什小聲地說。

「唔，可是下議院的議員會那麼輕易讓我們見到嗎？」

「說什麼傻話，我可是貴族呢。」

「喔，是喔。」

「別裝傻了，你以為自己是託誰的福才沒被拒絕乘車的？」

三個人在首相官邸所在的唐寧街前下了計程車。這裡是聚集了許多政治家、律師及會計師事務所的一隅，約瑟夫問過路人後，來到了目的地。

下議院議員溫斯頓・隆納德・斯賓塞-邱吉爾於十一月三十日剛滿三十一歲，他在前年由保守黨跳槽到自由黨，年紀輕輕就嶄露頭角。他的父親也是一名政治家，擔任印度支配大臣及財務大臣，母親則是美國人，是很常見的「名譽與財富的婚姻」。他從陸軍士官學校畢業，並沒有成為軍人，而是當了一名記者，據說是因為他的英文成績好得不像話。其他學科的成績——當然也相當漂亮。雖然人長得並不英俊，但也頗為精悍，而堅毅的面孔更深具魅力。

「我聽聞議員閣下是那位馬爾博羅公爵的後裔……」

「沒錯，第一代馬爾博羅公爵是我的祖先，這個事實顯而易見，不需要調查。」

英國雖然以海軍之國聞名，但其實廣為人知的將軍大多隸屬陸軍。十字軍的獅子心王理查一世、英法百年戰爭中完全壓制法軍的黑太子愛德華、清教徒革命時的奧立佛・

克倫威爾、在滑鐵盧打敗拿破崙的威靈頓公爵等，而與他們齊名的正是馬爾博羅公爵約翰・邱吉爾。從十七世紀末到十八世紀初，他多次與法軍作戰獲得勝利，使法國國王路易十四世統領歐洲的夢想破碎。

邱吉爾議員銜著粗大的菸捲，津津有味地吞雲吐霧。約瑟夫在這個時代是難得的不吸菸青年，因此這對他來說著實有些困擾，不過他當然不會把這話說出口。雖然他也有海泡石製的菸斗，但那是亡父的遺物，只擺在書房裡當裝飾。

約瑟夫對著一片煙霧開口問：

「您認識格雷戈里・肯特爵士嗎？」

「肯特？這名字不少見呢，待我想想。」

邱吉爾議員嘴上叼的菸捲，角度忽然向上了許多。

「噢，我想起來了。確實是有那麼個男人……」

約瑟夫正感到開心，卻又立刻收緊了自己幾乎要放鬆的臉頰。因為邱吉爾議員的語氣及表情，看起來相當不愉快。

「有是有啦……」

邱吉爾沉吟著。

「所以，那個格雷戈里・肯特做了什麼嗎？」

「其實我正在調查這件事情。」

「為了什麼調查的？」

「唔，為了尋求委託人真正目的而進行的調查。」

邱吉爾議員用手夾住了嘴邊的菸捲拿開。

「聽起來有點複雜……也就是說，肯特委託了你們什麼事情嗎？」

「是的。」

「但是你們並不信任肯特？」

約瑟夫皺了皺眉。倒不是因為邱吉爾議員不停發問，而是因為他被李和戈什從左右兩邊踩了一下腳。

「不、不是說不信任他啦，只是……」

「只是，怎麼了？」

主人實在太不可靠，戈什只好插話。

「非常抱歉，議員閣下，我們有所謂的保密義務……」

「我不是在問你，印度人。」

邱吉爾的聲音並不是特別大，卻有奇妙的魄力及威嚴，封住了戈什的嘴。

「……可不是因為你是印度人我才這麼說的。其他人說話的時候在一旁打斷，這不管在西方或東方應該都是相當無禮的行為，不是嗎？」

戈什深深一鞠躬。

「我明白了，閣下。」

「是我沒有好好管教僕人，真的很抱歉。我會再好好責備他們的，還請您見諒。」

看到戈什那副惶恐的模樣，約瑟夫心裡有點開心。畢竟他從來沒有見戈什對自己誠惶誠恐過。而在這齣鬧劇上演的時候，李就完全維持著英國人心中的東方人形象，面無表情地沉默著。

邱吉爾可不是只以隨軍記者的身分在戰場上採訪，他也為英國軍進行偵查工作，甚至參加了戰役。他遭到波耳人攻擊時，自己取槍迎擊。被敵人包圍以後才拋棄槍支，高舉雙手投降，並且不斷主張自己只是個隨軍記者。但因為其他人看見他確實有開槍，因此不接受他的辯解，把他送進了俘虜集中營。但他可不是會就此罷休的男人。

兩個月後，邱吉爾成功逃脫，穿越整個南非原野抵達英軍基地德班。他成功逃走一路抵達德班的報告，讓英國軍隊大為欣喜，並且任命他為輕騎兵中尉。

回國後，邱吉爾以一個國民英雄的身分受到熱烈歡迎，他出版的從軍紀錄也大為暢銷，順勢就進了政界。

「不過議員，我軍似乎有個不太好的傳聞呢。」

「你是指焦土作戰時的強制收容所吧？」

「是的。」

邱吉爾議員嘴上叼的菸捲忽然整個朝上，向天花板吐著煙霧。

「那是個愚蠢又卑劣的作戰方式。放火燒村落、燒農家、殘害家畜，把女人和孩童關到鐵絲網裡頭，結果呢？只是讓波耳人更憤怒更憎恨我們，抵抗不懈，戰爭就這麼多拖了一年。」

「……」

「基秦拿那個蠢貨，我要是首相，或者至少是陸軍大臣，就絕不會把師團長以上的職位給那個男人。」

約瑟夫一邊聽著邱吉爾議員滔滔不絕地發表意見，一邊努力試著將話題拉回軌道上。

「呃，那麼肯特先生與強制收容所的關係如何呢？」

「具體是指？」

「比方說，將收容所的物資拿出去……之類的？」

邱吉爾議員諷刺地扯了扯嘴角。

「怎麼可能有足夠的物資拿出去。要是有的話，收容所裡就不會有人餓死了。」

邱吉爾嘴上的菸捲隨著他話語輕快躍動，約瑟夫實在很難專心，不過他還是努力發問。

「關於有人餓死的事情，您沒有寫在書裡呢。」

邱吉爾的眉毛與嘴巴完全不同，絲毫不為所動。他讓約瑟夫等了幾秒，才一副毫不在乎似地給出答案。

「就算我沒寫，其他人也會寫吧。很在意的人去讀他們的書就行了。」

下議院議員用從軍紀錄賺了一萬英鎊以上版稅，約瑟夫對他的回答雖然不甚滿意，但與其說是正義感使然，不如說可能是嫉妒心作祟。那是對年紀輕輕就能獲得財富與地位之人的嫉妒。

「勤勉又信仰虔誠的波耳人們花了兩百年開拓無人荒野，將其轉變為綠油油的沃地，這點我不否認。」

「或許那是荒野，但可不是無人呢。不是還有非洲人悠哉地在那裡養牛嗎？波耳人從他們手上奪走土地，還讓他們像奴隸一樣工作。」

「然後，那片土地又被我大英帝國搶走，你想說的是這個？」

邱吉爾議員叼著捲菸，略帶深意的視線投向約瑟夫背後彬彬有禮站立的兩位東方人，輕輕一笑。

「約瑟夫爵士，看來你和僕人們的想法一樣呢。覺得英國人和波耳人半斤八兩。」

「噢，不，那個……」

「沒關係的，在他們眼裡這也是理所當然。不過既然是半斤八兩，那當然是贏了比較好啊，就是這麼回事。」

約瑟夫只能曖昧地點點頭。

「你知道那個叫做甘地的印度人嗎？」

「不，我不清楚……」

「他是在納塔爾地區當律師的男人，戰爭的時候協助過我軍。他組織了印度人，還負責補給、醫療、聯絡……相當活躍呢。不過沒有讓他拿武器。」

邱吉爾議員雖然沒有明說理由，但三名來訪者相當了解他的意思。

「但是，為什麼是印度人，還是地位那麼高的，會自己協助英國呢？」

「理由有三個。一是為了表現出他身為大英帝國臣民對女王陛下的忠誠之心。第二是比較過英國人和波耳人之後，判斷出誰更優秀。第三，就是協助我國的話，報酬是提升印度人在南非的地位——約莫如此吧。」

「還真是思慮嚴謹呢，一石三鳥。」

「是這樣嗎？」

邱吉爾議員浮現出老奸巨猾的微笑，看著比自己小七歲的約瑟夫。

「甘地現在可是納塔爾地區領導反政府運動的人呢，雖然是非暴力性質的運動……」

「是大英帝國打破約定嗎？」

「大英帝國什麼都沒答應。」

邱吉爾傲氣十足地發話。

「那只是甘地自己打的算盤。大英帝國可沒有幫他實現夢想的義務，不是嗎？」

III

這就是所謂的政治家嗎？約瑟夫在心底咂舌。看來日後這男人應該會如同自己所言，至少能做到陸軍大臣吧。

「好啦，時間也差不多了，你們是不是該離開了呢？」

約瑟夫鄭重地行了個禮。

「謝謝您撥冗寶貴的時間。諸多無禮之處還請您見諒。」

「沒什麼，我不在意。」

重新叼好菸捲，邱吉爾議員看了約瑟夫一眼。

「對了，約瑟夫爵士。」

「什麼事？」

「以後跟格雷戈里・肯特有關的事，我聽到也不會驚訝，就不用特地來向我報告了。」

意思是叫他們不要再來了，就連約瑟夫也能聽出這話中話。

「我明白了，那麼不打擾了。」

「回去的路上小心啊。」

邱吉爾說著站起身來，自己打開了辦公室的大門。等費茲西蒙斯家三個人一出到走廊，便惡狠狠地關上大門。

因為升降梯前已經有好幾個人在等待，三個人打算走樓梯，於是直接穿過走廊。雖然他們都感受到邱吉爾議員知道些什麼，卻不明白他知道的「是什麼」。邱吉爾議員擺明了不想說。

據今三十五年後，下議院議員W．L．S．邱吉爾就任英國首相，與史上最大且最惡劣的種族歧視主義者對決，這件事情想必當事者現在做夢也沒想到過。

從大樓玄關走下六階階梯，立刻又有惡質的融雪泥巴沾染到三個人的鞋子上。始終閉口不言的李，終於吐出讓人覺得久違的聲音。

「哎呀，不知道是地位還是血統的關係，以他的年齡來說還真是相當有威嚴呢。大概是約瑟夫爵士的十倍吧。」

「只是看起來比較老而已。」

約瑟夫這樣回應道，但音調聽起來也是感覺自己輸了。

「威嚴自然是有的，而且他還真是不好對付呢。」

「我們都快被壓倒啦。」

「那種人才會出人頭地喔，雖然維持好關係比較好……但看來是沒辦法呢。」

「對方可沒有那種意思。」

約瑟夫皺著眉，將兩手放在冰冷的臉頰上，還是不怎麼暖。

「戈什，你從剛才就不講話呢。你沒意見嗎？」

「我還沒把思緒整理好，不過就像李說的，他很不好對付。雖然這只是我的想像，但那位邱吉爾議員，可能會撥通電話吧。」

「撥去哪裡？」

「比方說，打給肯特之類的……」

一行人不知何時來到了皮卡迪利廣場附近，在擁擠的各式劇場看板之間，有個看板特別巨大而醒目。

「好像要演《彼得潘》呢。」

《彼得潘》是一九〇四年，也就是前一年的聖誕節後開始上演的舞台劇，受到大眾熱烈歡迎。後來每年到了聖誕節都會在劇場上演，並且在一九一一年的時候由原作者詹姆斯．巴利改寫為小說，傳遍全世界。

「要不要轉換心情，看看舞台劇去？」

李非常難得對年輕的主人說出了像是寵溺的話。約瑟夫哼了一聲。

「反正票一定早就賣完了吧。而且我才不想看什麼舞台劇。什麼希望自己永遠是個孩子，那種天真的兒童故事，到底哪裡有趣了？人類這種生物，就應該像我一樣長大成人辛勞過活才是正確的生活方式。」

約瑟夫一臉傲氣地抱怨著不朽名作，又踢了踢腳，將沾在鞋底的積雪與泥巴無情地甩出去。

「真是的，完全在浪費時間。」

「這還很難說呢，邱吉爾議員之後說不定會有奇怪的舉動，這樣一來應該也會跟著發生些什麼。」

約瑟夫倒是想知道那個「什麼」的真面目。

「好啦，接下來要去哪裡呢？」

「什麼，你們沒決定嗎？」

「這是主人要決定的事啊，我們隨從們只是遵從您的指示……」

「不要現在才講得那麼感人，很噁心。」

計程車迎面而來，雖然他招了手，但結果差點被濺了滿身的積雪和泥巴。

「要不要去找波耳戰爭時批評聲浪比較高的報社或記者呢？」

「說得也是。等等、在那之前……」

還沒確認李在大英圖書館調查到的內容。

主從三人拍掉長椅上的積雪，讓約瑟夫坐在中間，開始確認起李在大英圖書館調查到的報紙名稱。李從外套內袋中取出筆記本。

「《正義》……這是社會民主聯盟的黨報。《ＩＬＰ新聞》跟名字一樣，是獨立工黨（ＩＬＰ）發行的。」

「《評議之審核》不是政治團體發行的喔。」

「《晨報》……這就是邱吉爾議員做特派員的那間嘛。那有找到什麼關於肯特的新資訊嗎？」

「實在太慚愧了……」

李拉了拉帽子搔搔頭。雖然他找得很努力，不過並沒有任何關於格雷戈里·肯特爵士的醒目新聞。約瑟夫大大嘆了口氣，想著還是先回家一趟吧，便從冰冷的長椅上站起身。

只有戈什前往印度城試著探聽消息，但也沒什麼成果。他先尋找有沒有從南非來的印度人，但意外的沒有找到。好不容易有個滿臉皺紋的細瘦中年男性告訴他：「我從南非來的，路上還經過聖赫勒拿。」

「我請你吃點東西，一起去餐廳吧。烤餅和咖哩應該行……」

「不要烤餅，米比較好。」

「這樣啊，你是南邊出身的嗎？」

「邦加羅爾附近。」

印度是個多采多姿的次大陸，其多樣化讓人覺得能夠統整為一個國家實在不可思議。宗教上也包含了印度教、伊斯蘭教、錫克教、耆那教，當然也有基督教和佛教。把所有方言都算進去的話，語言也超過八百種。

戈什找到的那個人，他說的並不是印度語而是坦米爾語，因此兩人不得不使用英語進行交談，內容也講得磕磕絆絆的。

「肯特喔。嗯，不知道咧。呃，唔，沒印象啦。」

「波耳人似乎很怨恨他呢。」

「英國人普遍都是被怨恨的吧，這不是當然的嗎。」

「不是那麼抽象的話題啦……」

戈什說了一半停了下來，凝視著將咖哩淋到米飯上大口吃起來的同胞。他在短時間內訂立了方針。

「老伯，你真的對肯特那個男人沒印象是吧？」

「啊，噢，對啊沒印象。」

「那你可就是吃白餐了呢。」

聞言，印度人沾上咖哩的嘴唇蠕動。他說的是坦米爾語，但——戈什並非全然不能理解。他以前待在新加坡的時候，那裡有許多說坦米爾語的印度人。而戈什付錢請客的這名南印度人是這麼說的——下地獄吧，肯特那個惡魔。

Ⅳ

戈什付完帳就回家，向年輕主人報告這件事情。

「結果，具體上來說還是什麼事情都不知道啊？」

「我很抱歉，約瑟夫爵士。」

「不過，戈什怎麼可能兩手空空回來呢，對吧，戈什？」
聽李這麼說，戈什點點頭。
「算是啦，我撒了一點餌，大概花費十五先令左右。」
「不能光說個大概啊，必要經費得一分一毫都算得清清楚楚。」
「好的好的，我明白了。正確來說是九先令六便士，但是很遺憾，並沒有收據。」
看約瑟夫氣鼓鼓的，李開口說：
「約瑟夫爵士，您是身分尊貴的準男爵，請不要為了不到一英鎊的金錢就大呼小叫。」
「哪有什麼高貴的！你們平常不是都說什麼『只不過是個準男爵』來看扁我！」
「所以說，這種小細節就別在意了。戈什，你撒了什麼餌？」
印度人將潮濕的外套掛在牆壁的掛鉤上。
「成人給酒、小孩子給零錢。」
「這我能猜到，那你撒了餌，是打算釣到什麼？」
中國人和印度人之間快速進行對話。
「肯特家的秘密啊。」
「喂喂，事到如今……」
李話說到一半，忽然閉上了嘴，稍微思考了一會兒後笑了。
「哈哈，是那樣啊。」

「就是那樣。」

「所以到底是怎樣？」

約瑟夫聽得一頭霧水。印度人和中國人看向年輕主人，那是一種稍微帶著陰謀家感覺的視線。中國人回答約瑟夫：

「也就是說，這個不像話的印度人，剛才把自己的主人拿去設陷阱了。」

「陷阱？」

「還沒成為陷阱啊，李，不能弄錯英語的時態。」

「時態什麼的無所謂啦，要怎麼把我當陷阱？不可以用文法來糊弄主人啦。」

「不，沒有要糊弄……」

中國人制止了正要回應的印度人。

「約瑟夫爵士知道肯特家的重大秘密——這樣不經意地告訴大家，然後等待他們的反應。」

「我什麼都不知道啊！」

約瑟夫雖然怒吼，不過現在生氣也無濟於事。

「原來如此，所以才說我是陷阱嗎？如果有人想知道肯特家的秘密，又或者是這件事情讓別人知道就糟了，這麼想的人就會跑來我這裡。我們只要抓住那些傢伙，逼他們吐出點東西就對了。」

「約瑟夫爵士真是明察秋毫。」

「什麼明察秋毫！真虧你能想出這種惡毒的辦法啊。」

這其實是英式作風——東方隨從們實在說不出口。

「對方不見得會拿著槍或刀啊，說不定會帶來裝滿錢尼金幣的袋子呢，這才是文明國家吧。」

「那種三流小說的發展，怎麼可能發生在現實當中！」

李安撫年輕主人。

「現實經常比三流小說還要糟糕呢，約瑟夫爵士。我們不用害怕槍或刀之類的東西，戈什和我會想辦法的。對了，戈什，要是你那十幾先令的策略不順利的話，應該有其他的應對方式吧？」

「B計畫就交給你了啊，李。」

「真是太不負責任了吧。」

「請稱之為公平。不幸的事不也都平分的嗎？」

戈什臉上浮現了惡作劇般的笑容，李輕嘖一聲加以反擊。

「那麼，不管我做了什麼，你可都別抱怨喔。」

「怎麼會，都交給你啦。這樣沒問題吧，約瑟夫爵士。」

「不不，等等，我還沒有表態啊！」

儘管約瑟夫發出抗議，但無法劈頭痛罵兩位隨從，這正是這位年輕準男爵的弱點。

「反正不幸與危險總是會翩然降臨，早一點發生還比較好。您從今晚起就做好覺悟吧。」

約瑟夫掙扎著還想再說點什麼，女僕安妮的聲音卻響了起來。

「該吃晚飯囉，約瑟夫爵士。」

女僕的薪水，在十九世紀的時候是一年分四次支付，不過到了二十世紀，基本上已經成為月薪制。安妮的月薪是一英鎊，以十七歲的女僕來說，算是平均薪資吧。該說是幸還是不幸呢？安妮孤苦伶仃，並不需要送錢給貧窮的老家，因此能存到錢、也可以享受一些小小的娛樂或者打扮一下自己。若是大豪宅的侍女，也有人可以拿到三倍左右的薪水，不過那畢竟是另一個世界。

女僕的服裝雖然有早晚之分，不過都得要戴上白色帽子、穿上大型圍裙。顏色有粉紅和黑色等不同種類。約瑟夫將過世的母親一半的衣物留下來當成遺物，另外一半則給了安妮。以雇主來說這是相當貼心的，安妮打從心底感謝他，並且用自己的雙手靈巧地改造成外出用的服裝。

另外，安妮的房間長二十五英呎、寬十二英呎，頗為寬敞，但這裡原先其實是四人房，目前只有她一個人使用。無論房間有多小，只要有個人房，對女僕來說就是相當優渥了。附近的女僕夥伴們都說她這裡「太寬敞反而困擾」，但多半也只是嫉妒她「這樣太奢侈了吧」。

除了鐵製床架外，房裡還有個小小的夜間用桌、即使相當老舊但使用上完全沒有問題的陶製洗臉台。前方的牆壁雖然也有些老舊了，但也確實掛有一面鏡子。那就更不用說，這裡還備有一個老舊的大衣櫃。

李和戈什的月薪是四英鎊十先令，差不多也是平均值。原先費茲西蒙斯家就有「重視僕人」的優良傳統，現在約瑟夫也不例外。之所以解雇戈什、李和安妮三個人以外的其他僕人，簡單說來就是經濟上的問題。對於那些離開的僕人們，也都有給予相當鄭重的介紹信。

約瑟夫在新加坡的萊佛士酒店送父親最後一程。那裡的本館是一棟三層樓的法國文藝復興樣式建築、設有別館撞球室、庭園裡有整排的棕櫚樹，從陽台望出去是一覽無遺的港口及群島，聳立在前方的聖安德烈座堂高塔，建築裡也有酒吧及餐廳。在那間餐廳吃到的餐點，既豐富又美味！和那些東西相比，也難怪李和戈什會把英國料理看成和「羊飼料」沒兩樣的東西了。

不然約瑟夫本來就是個覺得「羊飼料」比較對味的英國人。

當時的新加坡是全世界一半以上橡膠與錫的集散地。東西方商船全部聚集在此，那船隻填滿港灣的樣子，簡直讓人覺得能夠從船隻的甲板走到另一艘船的甲板，一路走過海面到對岸的島上去呢。

「要是能住在新加坡也不錯呢。沒有霧沒有雨也沒有雪花……等等，但是很熱吧。一整年都是那樣悶熱的話，著實也很難度日呢。」

約瑟夫並不是那種抱持「為了金錢而揮霍生命」哲學的人，可以的話還是想輕鬆賺錢。雖然曾經差點被什麼「永動機」給詐騙，但那時三名僕人一起靠了過來，硬是壓制主人，撕毀契約後把詐騙分子趕出了門。那個騙子想逃亡到法國時，在多佛港口被警方逮住。

由於這三個人拯救了主人家的危機，也讓約瑟夫免於破產，因此他在他們面前始終抬不起頭來。

結果那天肯特並沒有來任何聯絡，約瑟夫吃了安妮相當擅長的愛爾蘭燉肉後早早上床睡覺。

翌日，天候驟然轉變為冬季的暴風雪。戈什和李異口同聲咒罵，不過英國冬季的天氣就是如此無常。約瑟夫在早餐後摸索著不知道從哪裡拿出來的古老文件箱。

「您在找什麼？」

「喔，想說看看有沒有什麼可以拿去賣的……」

瞧見印度人和中國人投來的冰冷視線，年輕準男爵縮了縮脖子。身為雇主，對僕人們的態度得要更加強硬些啊，否則就會導致這支撐著大英帝國的階級社會崩毀，成為螻蟻小洞。

正當約瑟夫心裡如此想著，背後便傳來安妮的聲音。

「約瑟夫爵士，我要打掃桌子底下，實在相當抱歉，但是麻煩您把椅子拿開。」

「啊、噢，我知道啦，馬上就拿開。」

應該變成嚴厲主人的約瑟夫，到頭來還是乖乖聽女僕的話，把椅子整個挪開。現實可不像糖果那樣甜美。

「在我掃完餐廳前，請不要進來。」

「知道、知道啦。」

至少還會加上一句「實在相當抱歉」，大概就是安妮比戈什和李好一些的地方了。

約瑟夫如此想著，邊走出了餐廳。他想還是先去圖書室吧，卻被正在整理書籍的李瞪了一眼。

「您就算無事可做，也不要妨礙我工作。」

因為風雪暫時停止了，約瑟夫只好轉身，他想跨進那並不寬敞的庭院當中，結果雪和泥巴同時從眼前落下。剛慌張地閃開，就看見拿著鏟子的戈什瞪了過來。

「客人不知道何時會打電話過來，請您待在電話旁邊。」

「我會啊，但總能讀個一兩本書吧。」

「那麼您讀這個吧。」

李遞過來的，是H．G．威爾斯的新作《基普斯》。

雖然威爾斯個人被評為「冷酷的花花公子」，但是他的博學多聞、想像力、創造力卻是無人可比。自從一八九五年成為作者以後，不斷發表各種傑出作品，後世稱他為「科幻小說之父」。

「我要不要也來寫寫看小說呢？」

「您想成為像威爾斯先生那樣的大作家嗎？」

「威爾斯一開始也沒那麼有名啊，寫處女作的時候還只是個無名小卒呢。」

但是大多數人，從一開始到最後都是無名小卒。李雖然如此想著，卻聰明地沒開口。約瑟夫一點兒也沒有貴族的樣子，靠在牆壁上，一邊翻著書頁，腦中卻忽然想起幾個月前的事情。那次他被某個侯爵閣下找去，對方讓他在圖書室中等候，他閒著便眺望起書架上的書籍。

「威廉．圖弗內爾．勒．奎克斯和賽克頓．奇爾達斯呀……」

約瑟夫忍不住苦笑起來。勒．奎克斯與奇爾達斯都是當代的流行作家，據說首相也相當喜愛閱讀他們的作品，但都是一些揮舞著愛國主義的仇恨小說，內容多半是什麼「法國與俄羅斯結盟攻擊英國」或者「猶太人滾出英國」，要不就是「英國國內有三千名德國間諜」之類的東西。這類把周遭國家都當成壞蛋的小說，根本無法經過時間的考驗，將來也不會有人閱讀的。

「這閱讀興趣可真糟。」

約瑟夫將視線轉往一旁，牆壁上掛著一幅大大的肖像畫。原以為是侯爵的祖先什麼的，一看才發現不是，那是他也聽過的知名人士。

「你也是塞西爾．約翰．羅茲的崇拜者嗎。」

約瑟夫還來不及否定，剛進門的侯爵閣下便自顧自地說了起來。

「我心之師塞西爾．羅茲曾言道：『如果這個世間真的有神明存在，那祂必然是允許世界地圖逐漸染為大英帝國顏色的神明。』這真是永恆不滅的名言啊！」

約瑟夫啞口無言地凝視著侯爵那漲紅的圓臉。

塞西爾．約翰．羅茲，卒於一九〇二年。翻開字典，上頭寫的大概是「出身英國的南非企業家、政治家、帝國主義者」吧。三十七歲時成為開普殖民地的首相，但他仍不滿足。他將主意打到北方廣大的波耳人領土上，利用朋友詹姆森打算引發政變。失敗以後他負起責任辭去開普殖民地首相，但仍然留在南非當地進行政治活動。

順帶一提，那片他所獲得的英國領地土地，被稱為「羅德西亞」，面積高達一一三万五〇〇〇平方公里。據說在他挖掘以後，發現了黃金和鑽石。

「現在我國國王雖然只兼任印度皇帝，但不久以後也會被稱為中國皇帝的……」

「那個……您找我有什麼事情呢？」

「而且美國、德國、法國、俄羅斯那些傢伙都對我國抱有異心，得防止他們從事間諜活動才行！你小心點，你的身邊也有間諜啊！」

「我會留心的。話說回來，侯爵閣下，您今天找我過來的用意是……」

「噢，對了，是荷蘭人的事情。」

「荷蘭人嗎？」

約瑟夫感到相當迷惘困惑。

「荷蘭人對閣下……」

「他們詐騙了我。」

「騙了什麼東西呢？」

「黃金和鑽石礦山的權利。」

侯爵咆哮著，面帶殺氣地瞪向約瑟夫，對他而言著實困擾。

「噢，金礦和鑽石礦……」

還真沒有真實感。

「是在哪裡的礦山呢？」

「川斯瓦共和國。」

「那裡現在被稱為南非聯邦呢，是大英帝國的一部分……」

「總有一天全世界都會成為大英帝國的一部分。」

約瑟夫再怎麼溫吞，還是不得不體認到，這樣下去根本無法好好說話。就在侯爵尋找川斯瓦的地圖時，他放輕了腳步，悄悄離開圖書室，接著私毫不在乎侯爵家僕人們的責難眼神，在走廊上全力飛奔到大門外。

戈什和李在外頭等他。因為他們是有色人種，沒被主人允許進屋。約瑟夫匆忙地說明了事情經過。

「約瑟夫爵士，很遺憾這並非我們的工作呢。」

「沒錯，這是律師的工作。」

「為何您在學期間，沒有拿到至少能辦個事務所的證照呢？時間上應該相當充分啊。」

「我還要往返新加坡耶！你以為要花多久時間啊！」

「航行途中時間不是應該很多嗎？」

「航行啊不做點什麼就會覺得時間很長，但一要做點什麼，就會覺得時間不夠。」

「看來您只有詭辯方面變得相當擅長呢，約瑟夫爵士。您父親在天上會相當難過的。」

「隨便你們說啦，總之這件事情我要拒絕。最重要的是，他可是那種不讓你們進去的人耶。」

戈什和李看見約瑟夫抬頭挺胸向前走出的背影，也跟了上去。而他們的臉上，浮現出略帶欣慰的微笑……。

到了晚上，暴風雪變得更誇張了。

雖然安妮在宅子裡擁有比雇主更高的實力與權力，但在瘋狂敲打玻璃的暴風雪面前，她也只是個十七歲的少女。面對倫敦的惡劣天候，就連軍隊和警察都束手無策。

這種時候，孤身待在寬敞的房間中，再加上孤獨感，確實令人有些害怕。安妮在床鋪裡把棉被拉到頭上，每當聽見雷鳴就摀住耳朵，並忍不住感慨，要是再多一個和自己差不多年紀的女僕就好了。不過年輕主人約瑟夫似乎沒辦法增加女僕的數量，若是少了戈什或李任何一個人，費茲西蒙斯家大概就要和厄舍家一樣毀滅了。

雖然內心充滿擔憂與不安，睡魔之手還是伸向了安妮，她終於打起盹來。就在此時，帶著雪花的強烈暴風隨著巨大的破碎聲響襲捲了安妮的棉被。有個黑色人影跳了進來，安妮發出的尖叫聲被暴風雪蓋過。

聽見玻璃破碎聲響的約瑟夫，立刻飛撲到床邊小桌旁，打開了最上層的抽屜。因為用力過猛，整個抽屜都飛了出來，裡面的東西也散落一地。靠著積雪反光，約瑟夫一把抓住那把法國製造的雙連擊決鬥用手槍。

「約瑟夫爵士！」

「您沒事吧？」

「我沒事，可是安妮有危險！」

白銀騎士團長在回應隨從的同時，穿著睡衣從寢室中飛奔出來。

第 3 章

パジャマは戦闘服

睡衣就是戰鬥服

I

約瑟夫・恩斯特・費茲西蒙斯爵士雖然不是一名完美無缺的紳士，但這時他卻成了為僕人安危而奮不顧身的高貴勇者。當然也可能只是因為興奮而忘我，但絕對不會有人說他是什麼膽小鬼吧。

「安妮，妳沒事吧!?」

約瑟夫揮舞著決鬥用的手槍，呼喚女僕的名字，毫不在意風雪攻擊而打算立刻奔上樓。約瑟夫的主臥室在二樓，而安妮使用的女僕房則在上方的閣樓裡。

突然，兩隻手從他背後伸來，一把抓住他的雙手，約瑟夫因為反作用力，差點往後翻，好不容易才站穩。阻止雇主狂奔而去的印度人和中國人，果不其然也穿著睡衣。戈什拿著從撞球室裡取出來的撞球杆，李則拿著高爾夫球杆。

「幹嘛啊！安妮有危險啊！」

「要是您就這樣衝過去，危險的可是您。請跟在我們後面。」

李、戈什、約瑟夫依序走上通往閣樓的階梯，這次，他們清楚聽見了安妮的聲音。雖然那聲音混入了約莫三成的慘叫，卻又彷彿毫無畏懼的怒吼。

「滾出去！你這個怪物！竟然想入侵費茲西蒙斯家，我才不會讓你得逞！給我滾出去！」

接下來是巨大的物品碰撞聲，似乎是安妮拿了什麼東西丟對方，或許是花瓶一類的。不過女僕房裡沒有放太多東西，他們很快就明白安妮沒有「武器」了。

李和戈什飛奔上樓，此時電燈也已熄滅，眼前一片黑暗。約瑟夫一臉不悅，一手摸著牆壁，盡可能快速上樓，耳邊聽見激烈的肉搏打鬥聲。

約瑟夫雖然想找機會開槍，但是樓上更暗，且敵我雙方又交纏在一起，加之風雪毫不留情地吹打進來。

肉體相互撞擊的聲音，混進了劇烈的呼吸及踩踏地板的腳步聲，在黑暗中形成一副雞飛狗跳的畫面。

戈什和李竟然應付不來？約瑟夫啞口無言。這兩位東洋武術高手，面對人類居然會陷入苦戰，對約瑟夫來說實在難以置信。

約瑟夫盡可能壓低身子移動，忽然有什麼東西擦過了年輕準男爵的睡衣。是戈什的撞球杆，還是李的高爾夫球杆？他把左手伸過去，倒是摸到了毛茸茸的觸感，而且還顫抖著。

「是、是誰？」

「啊，約瑟夫爵士，是我。」

是整個人包在棉被裡的安妮。正當約瑟夫感到全身無力，又再次傳來破碎的聲響，以及隨從們的聲音。

「別隨便追上去啊，李。」

「嗯，確實別追比較好。」

「先看看窗戶該怎麼辦吧。」

「電燈也沒了呢。」

雖然電燈已經被發明出來了，不過要自己花錢拉電線、架設相關設備，需要花費大量金錢和工夫，因此要在個人屋宅內使用電燈，只有那些相當富裕的人才辦得到。費茲西蒙斯家使用電燈，是為了「貴族」的體面，然而對約瑟夫來說，每個月看到電費帳單總是頭痛不已。

約瑟夫撐著還包在棉被裡的安妮，從敞開的房門往狹窄的走廊走，兩人在地板上坐下後，他問安妮：

「安妮，有沒有受傷？」

「謝、謝謝您，我沒事。我在愛爾蘭獨立和婦女參政權實現以前，絕對不會死的！」

「好，妳要活久一點喔。」

「約瑟夫爵士您呢？有沒有受傷？」

「我也沒事。」

李和戈什正在奮力堵住壞掉的窗戶。他們從女僕房隔壁的置物間拿出工具箱，一邊頂著狂風，將安妮的床單用釘子釘在窗框上。白色床單像風帆一般膨起來又縮下去，但總算是擋住了風雪入侵，諷刺的是那片白色，使黑暗稍微稀薄了些。

「那個不是人類。」

安妮一口斷言，抱著枕頭繼續說：

「至少臉看起來不像人類，整體往前方突出，雙眼像暖爐的火焰一樣發紅……」

約瑟夫回頭看向隨從們。

「是不是戴了面具之類的東西？」

「很有可能。」

李邊闔上工具箱的蓋子，並回應道。

「請先不要動，腳可能會受傷。」

戈什這麼一說，往地上看才發現四處散落著破裂的玻璃碎片和窗框木片等東西，連外窗都躺在房間地上。

「連外窗都被破壞了？」

「可能是用身體撞進來的吧。哎呀，那麼強壯的傢伙還真沒見過呢。」

隨著戈什聳肩，李也說：

「不過，戈什的計劃奏效也是事實。大概是聽說我們在調查肯特的事情，那個魔人才會攻擊這裡吧。」

「但是，也沒料到安妮會先碰到危險呢，不管怎麼說當釣餌的是約瑟夫爵士才對啊。」

「畢竟很難事事順利，戈什你別太在意了，下次還有機會的。」

「有下次還得了啊！」

約瑟夫忿忿地說著，接連打了三個噴嚏。他身上只穿著睡衣，又沐浴在暴風雪當中，這也是沒辦法的事情。

「約瑟夫爵士，這個您請用。」

「噢，謝謝。」

約瑟夫穿上安妮遞過來的大衣，噴嚏依然打個不停。

「先下樓在暖爐裡生個火吧，不然這樣下去四個人都要得肺炎了。」

李提出了建議，其他三個人沒有異議，也都想這麼做。戈什和李將煤炭丟進暖爐中生起火，安妮奔向廚房，為三名男性端來威士忌，也幫自己泡了杯熱可可。

好不容易感到舒服了些，不知是誰起的頭，四人開始談論起深夜侵入者的話題。

「果然他應該是從南非來的吧？」

戈什和李對於南非都沒有什麼相關知識。大概就是「很熱、沙漠、叢林、金字塔、獅子、尼羅河」之類的吧。

「在炎熱非洲生養長大的生物，能在這種暴風雪中自由活動嗎？」

聽到李的疑問，戈什回答：

「可能是來英國後才養的？」

「誰養的啊？」

安妮狐疑道，另外三人都無法回答。

「要不要告訴倫敦警察廳啊？」

「說得也是……不，等等。」

約瑟夫搔了搔頭。

「問題是要怎麼跟他們說啊？肯特的事情也不知道能不能說……」

「反正他們總會知道的。既然如此，與其從他人口中傳出去，還不如當事者自己先說清楚？」

「……說的也是。」

才剛說出這句台詞，約瑟夫又陷入思考。就算沒做什麼虧心事，這的確是門弔詭的生意，他不想和警察扯上關係。也不知道肯特要是曉得警察介入了這件事，會有什麼反應。約瑟夫迷惘了幾秒鐘，後門那裡傳來用力敲門的聲響，李和戈什各自拿起武器起身。

「請問是哪一位？」

戈什隔著門板大聲詢問，一道差不多響亮的聲音回答：

「三更半夜來打擾實在抱歉，我是隔壁家的人，奧斯蒙家的隨從。稍早這裡傳來巨大聲響，因此主人要我過來問問是否發生了什麼事情。」

如此一來，他們失去了「不報警」的選項。

天亮以後，天氣晴朗到令人生氣。早上九點，警察廳的人便徒步到來。有三位穿著便服的刑警，以及五位穿著制服的警員。

「我是總督察艾伯特。」

一名精壯的中年男子出示冷冰冰的警察手冊，並開口自我介紹。他是個毫無特徵可言的人。即使如此，仍是一副「我很習慣這種場景」的樣子對部下下令，要他們去調查亂七八糟的閣樓，或詢問約瑟夫等人相關事宜。因為隱瞞事情也沒什麼好處，所以約瑟夫都如實回答。警官也前往隔壁家詢問。

安妮的熟人凱倫出身瑞典，從維多利亞女王時代起，英國就有許多出身瑞典或瑞士的女僕。這位凱倫便是奧斯蒙家的女僕。

「約瑟夫爵士真是個了不起的人。竟然有雇主會為了拯救僕人免於危難，半夜穿著睡衣跑來，真是非常難得。我很感激他。」

凱倫以讚賞的雙眼看向約瑟夫。約瑟夫苦笑著，輕輕點頭示意。凱倫是三十年資歷的資深女僕了，非常遺憾不符合約瑟夫的喜好。

II

戈什和李可就沒這麼順利了。警察將他們視為嫌疑人，有色人種本來就是絕佳獵物。一位人高馬大、比總督察還要有存在感許多的刑警，私毫不隱藏自己對東方人的歧視，拍打著廚房的桌子。

「好了，快從實招來吧！警察是不會放過你們的。入侵者是怎麼侵入閣樓的？你們一定知道吧！」

警察可真是太小看他們了。李和戈什反過來利用他們的歧視進行抵抗，對他們而言，要裝作聽不懂英文的樣子易如反掌。

「說句話啊，中國人！」

「哎呀，窩、英語、聽不懂。主人、老是、罵我。要是、沒工作、很恐怖很恐怖。」

「夠了，印度人！你說點什麼啊！」

「आकाशवायुअग्निपृथिवीउदकमसत्सङ्गाघ्नवन्तरप्रिमाणम्आनन्दआत्माऔषधिअमृतम्कालकैवल्यम्कौमुदी……」

戈什嘴裡吐出一串梵文，雙手合十又張開，一下摀耳朵一下掩嘴巴的，艾伯特警官一陣低吟。

「約瑟夫爵士，您為什麼要雇用異教徒的有色人種來當隨從呢？這樣很不方便不是嗎？」

約瑟夫也盡可能發揮他的演技。

「他們是從我父親那一代就忠實侍奉我家的人，身為大英帝國的貴族，我有教導有色人種正確宗教和文明的義務。我父親的遺言是，英國人對其他民族來說，不單單只是征服者，必須成為他們的導師才行。」

「原來如此、原來如此，我懂了。真是偉大的家風。」

看來是不耐煩了，艾伯特警官嘆了口氣，召集刑警們，命令他們搜索房屋外圍。而他自己也在嚴寒之中跑了出去，作為上司，說不定令人敬佩。

「怎麼樣，順利趕跑他們了吧。」

「感謝您，正確的宗教和文明的效果還真強大哪。」

「不要鬧脾氣了戈什，對著那種人，讓他們產生優越感是最有效的。」

「李說得對，我講的又不是真心話。」

「我明白的。」

「話說回來，這些傢伙真麻煩。我想轉移他們的注意力，有沒有什麼好方法啊……」

「不是還有其他人認識肯特嗎？」

「誰啊？」

「邱吉爾議員啊。」

約瑟夫和李對看一眼，李露出笑容。

「這個主意好。他和波耳戰爭有關也是事實，警察面對邱吉爾議員應該也會比較慎重吧。」

說到此，艾伯特警官回來了。

「邱吉爾議員怎麼了？」

他耳朵很尖。

約瑟夫盡可能用不經意的口氣回答：

「昨天中午在他辦公室見了一面呢，向他請教了點關於肯特先生的事。」

艾伯特警官的眉毛抽動。

「約瑟夫爵士，您認識邱吉爾議員啊？」

「嗯，算是吧。」

約瑟夫用力點點頭，這並非謊言，只是方便行事。

「邱吉爾是報社記者，我還想說他不過就是個筆耕者，沒想到使起槍還是劍來也是一流的呢。能認識這種人我也自豪得很。」

約瑟夫趁勢滔滔不絕。但是他完全沒有說謊。要是艾伯特警官認為邱吉爾議員和約瑟夫是好朋友，那也是他自己擅加的推測罷了。李和戈什低著頭拚命忍笑。

艾伯特警官聽過刑警和警員們的報告後，向約瑟夫確認。

「所以，沒有東西被偷走對吧？」

「看起來是這樣，但不收拾一下我也不能確定……對了，能勞煩警察幫我們收一收嗎？」

「不，非常遺憾……警察也很忙碌，您畢竟有三位僕人，還是麻煩他們吧。」

「說不定能找出什麼證據……」

「如果發現類似證據的東西，請您告知警局一聲，我們要先行告退了。」

「那萬一小偷又跑來了呢？」

「我會留下一名警員巡邏。不過，也不會有人大白天的就入侵房子吧。那麼我們這就告辭了。」

警察一行人離去後，李迅速將後門閂上。他們三人回到閣樓的房間，李看著滿是融雪、鞋印與泥巴的地板，點點頭從內袋裡拿出鑷子。

李靈巧地操弄著鑷子，從地板上拾起了奇妙的碎片。

「約瑟夫爵士，您請看看這個。」

那個難以說是綠色或者灰色的碎片，尺寸約有拇指那麼大。

「這不是布料吧……是什麼皮料呢？似乎不是野獸的皮，可能是鱷魚或蜥蜴……」

「看起來像是鱗片，但我沒聽說過有能在暴風雪中游泳的魚類。」

「也可能是犀牛或者大象，印度有沒有綠色的大象啊？」

「總之是沒見過的東西，繼續在這裡說話也不是辦法，吃過早餐再移動吧。」

「要去哪裡？」

「邊吃邊想吧。」

約瑟夫默默吃著和往常一樣的早餐時，三名僕人也在廚房吃自己的早餐。昨天晚上剩下的愛爾蘭燉肉已經重新加熱過，拿起麵包沾了湯塞進嘴裡。雖然戈什和李對安妮的評價很高，但唯獨料理這方面，他們不禁認為愛爾蘭人的舌頭多少與英國人還是相似的。

餐後，約瑟夫將李和戈什叫到起居間，三人再次開始談話。

「昨天晚上那傢伙很強嗎？」

「哎呀，非常強的傢伙哦。我和李兩個人一起都沒辦法壓制他呢。」

「至少有個照明的話……依安妮的說法，燈好像一開始就被破壞了，可見應該不是野獸。」

「更何況他是用雙腳站立的。」

「是什麼人呢？」

「我們不是一直在講這件事情嗎。」

聽戈什這麼說，約瑟夫抱起胸來。現在能夠確定的嚴肅事實就是，費茲西蒙斯家深夜來了不速之客，而且還和肯特有某種關係。

「說到底問題還是在肯特。」

「沒錯，都付了兩百五十英鎊訂金，到現在還沒聯絡您，實在不對勁。」

「或許是發生了什麼事情。」

搞了半天，都在「什麼人」、「什麼事情」這幾點上來來回回，對事情真相的推測連半步都前進不了。約瑟夫失望地喃喃道。

「唉，好歹不是波希米亞國王啦。」

「什麼啊？」

「就是有一次夏洛克·福爾摩斯接受波希米亞國王的委託，收了金幣共三百英鎊、紙鈔共七百英鎊，合計一千英鎊的訂金。」

「喔？那我們訂金收兩百五十英鎊還算是便宜的囉。」

「喂喂戈什，拿福爾摩斯來比較，約瑟夫爵士不是太可憐了嗎。」

「可憐是什麼意思啊。」

約瑟夫嘴上責備，表情卻忽然變了，連手也放了下來。

「好，我決定了。」

「決定什麼？」

「去拜訪肯特家。」

兩位隨從異口同聲問：

「他家在哪裡？」

「梅費爾。」

那是倫敦屈指可數的高級住宅區。

「果然啊，和只有名聲的貧窮貴族完全不一樣呢。」

「誰是貧窮貴族啦！是我費茲西蒙斯家代代行得正坐得端，甘於清貧！只要我想，存不義之財的方法要多少有多少！」

「雖然我很清楚家裡清貧，但我們馬上就需要用錢了呢，如果不修理閣樓的窗戶，安妮就沒有地方睡覺了。」

「我曉得，那就麻煩你了。啊，話說回來，真希望乾淨的錢也能取之不盡用之不竭啊。」

「要不要當國會議員呢？」

「當不上啦。」

英國是從一九一一年開始支付薪水給國會議員的，在那之前他們都是沒有支領薪水的義工。換句話說，就算沒有薪水，生活也不會有問題的人，才有可能去當議員。這正是邱吉爾議員成為下議院議員，而約瑟夫無法成為議員的最大原因。

三十分鐘後，三名男性打理好服裝，讓安妮留守家中後便出門了。

III

當一名紳士要拜訪另一名紳士時，必須提前約定好才行。為此，自然要好好利用電話這種方便的工具。

約瑟夫將肯特的名片交給戈什，讓他去打電話。雖然美國的A・G・貝爾在三十年前已經取得磁石式電話機的專利，不過費茲西蒙斯家的電話還是手動式的，需要請接線生轉接。在維多利亞王朝後期，電話與打字機的普及對於社會造成相當大的影響。接線生和打字員幾乎都是女性，因此女性的職業選擇得以增加，也大力推動女性進入社會。

只不過，今天的電話一點忙都幫不上。總之，不管麻煩了接線生幾次，接不上就是接不上。在打了五次都沒接通後，約瑟夫發出怒吼。

「既然如此那就不管了，直接過去肯特家吧！」

「不先用電話約好時間嗎？我覺得這樣很沒紳士風度呢。」

「比起拘泥於形式或虛偽的禮節，真正的紳士更重視不可或缺的要事。」

「外面是融雪的泥濘道路呢。」

「總比非洲的沙漠還是南非的叢林好吧，別磨磨蹭蹭了，把我的外套拿來。」

「好啦好啦。」

三人準備外出，女僕安妮問：

「大概幾點回來呢？」

「不確定，但還是麻煩妳準備晚餐。」

「約瑟夫爵士，請您不要摔倒囉。」

「謝謝。」

「要是在泥巴路上摔倒，衣服洗起來可累了。」

「……我知道啦。」

在招來的馬車裡，戈什詢問坐在對面的約瑟夫：

「約瑟夫爵士，您是否曾經從您亡父那裡聽過肯特先生的名字和他過去的經歷呢？」

「不，我不記得有聽過。」

「這麼說來，也有可能是聽過但忘記囉？」

約瑟夫鼓起臉頰。

「我還沒呆到那種程度好嗎！嗯……我還在公立學校的時候，班上是有個姓肯特的同學，他好像去俄羅斯買毛皮就沒回來了，聽說是在西伯利亞被熊吃了。大概就他而已吧。」

「聽起來他應該是別的肯特呢。」

「是啊，南非和西伯利亞在完全相反的方向。」

不知是不是車輪輾過了雪下的小石子，馬車震了一震。

「話說回來，昨天晚上那個怪物，到底是什麼啊？」

約瑟夫這才皺起眉來。雖然他不認識全世界的怪物和妖魔鬼怪，但那怪物實在太過陌生。

「只能確定不是吸血鬼。」

「為什麼？」

「吸血鬼沒辦法自己入侵他人家中，必須要請那個家裡的人打開門或窗戶請他進去，否則是無法進入屋子裡的。」

「是這樣嗎？」

「喂喂，戈什，那是小說《德古拉》的設定吧！約瑟夫爵士也知道啊，畢竟他都讀了三四次。」

「……不，我忘了。」

「……到囉。」

三個人將車資和小費交給馬車伕，下車來到積雪道路上。

肯特宅邸的正門有大小兩個，就算是小門，也只比費茲西蒙斯家的正門小了一點。一個看上去不懷好意的中年男守門人從紅磚瓦門柱的陰影後走出來，隔著鐵格子門扉面對李。

「僕人，還是個東方人？繞到後門去吧。」

「不，我雖然是僕人，但我的主人是準男爵……」

「總之主人嚴格命令我不准放任何人進來，快點滾吧。」

看起來相當惡劣的守門人一如預期地惡劣。他轉身背對李，後方傳來約瑟夫的怒吼。

「喂，我說你啊！我可是費茲西蒙斯準男爵！你要是這麼無禮，我可是會告訴你的主人的！」

「您請隨意。」

守門人留下更加惡劣的一句話後便消失在門後。

約瑟夫第一次遭受如此無禮的對待，氣到漲紅了臉說不出話來。另一方面，已經習慣被如此對待的印度人與中國人，則從兩邊拉著他們的年輕主人，往後門方向前進。

「東方人裡還算是被當人看的，大概就只有日本人。而且還得是外交官或者留學生之流，要是馬戲團成員，那只會更糟。」

肯特家的圍牆非常非常長、非常非常高。約瑟夫在沉重的外套下開始喘著氣，並流起汗來。說起來冬季的運動，只要有滑雪就夠了。他踏在雪地上的腳步，一步比一步沉。

「約瑟夫爵士，請您振作啊。」

「要是在倫敦街頭遇難，就更不可能去南極探險了。」

「南極探險還是喜馬拉雅山登頂什麼的，都和我的人生沒有半點關係。」

一行人好不容易看見了疑似後門的門板，那厚重的橡木門卻是關上的。戈什和李敲了敲門環，直接拍打大門，甚至高聲喊叫，要說有什麼反應的話，大概就是聽見了裡頭傳來大型犬的低吼聲吧。

李看向年輕主人。

「這種程度的圍牆，要翻過去是很容易的，您覺得如何呢？」

「那不就是非法入侵了嗎？」

「是啊，誰教我們是東方人呢，這些事一竅不通，全都是聽命行事，對吧。」

「啊，你這個混帳！」

約瑟夫口吐準男爵不應說出口的詞彙，眼角餘光卻瞥見戈什已經作勢蹲下，靠著反動力躍上圍牆。他用手攀住那高約十呎的圍牆上緣，把自己高挑的身體拉了上去。李見狀也丟下主人，自己一躍而上，一瞬間就站在圍牆上了。

「喂！慢著，你們就這樣丟下主人嗎！」

李從外套內袋取出麻繩，將一頭丟向還在地面上的主人。確認約瑟夫抓穩了繩子，兩名東方人相視點點頭，同時躍向圍牆內側。約瑟夫的身體頃刻間離開地面，飛越了圍牆，還擦過了大樹的樹枝。

大樹的樹幹狠狠晃了一下，大量積雪從約瑟夫頭上傾盆灌下，他還來不及慘叫，就徹底成了雪人。

與此同時，一陣充滿惡意的低吼聲也往此處接近。一頭棕色毛皮的大型物體在雪上狂奔而來。那是相當壯碩的英國獒犬，而且有兩隻。對狗來說，這是發現入侵者時理所當然的行動。

然而印度人和中國人並沒有對牠們展現善意。他們一邊揮去年輕主人身上的積雪，半側著身體面對獒犬。

「李！」

伴隨戈什的聲音，李抬起手打了兩個響指，兩頭獒犬就在入侵者的五呎前，發出哀嚎打滾。兩隻狗的右眼都被扣子打中。這是北派少林拳的秘技「指彈」。

不走運的獒犬們在雪上翻滾了兩三圈後，踢著痛苦與恐懼，往建築的方向奔逃。李和戈什已經將年輕主人身上的雪給拍得乾乾淨淨，朝玄關方向移動步伐。

一位彷彿從畫中走出來，身穿管家服的老人，在聽見敲門聲後前來應門，瞪大了雙眼。

「你、你們是怎麼進來的？」

「這你不需要知道。」

「反、反正我們主人是不會和沒約好的人見面的。」

「他來我家的時候，可也沒先跟我約好呢。再說，不管我今天打了幾通電話來，也都沒有人接呀。」

「咦，這就怪了。」

「別隨便搶人家的台詞啊喂！」

雖然變成雪人並非這名管家的錯，但約瑟夫實在難解心頭怒火。

「而且你們的守門人還出言不遜，搞什麼啊！好歹也雇個有點禮貌的傢伙吧！」

約瑟夫忍不住斥責對方。說起來他們也是非法入侵，但他可不想給對方先發制人的機會。

「你聽好了，我可是大英帝國準男爵喔！」

「很抱歉，那您有證據嗎？」

「證據!?你看清楚我的打扮，聽聽我是怎麼說話的，你們這些下層階級者！」

「請您提出證據。」

管家依然不為所動。約瑟夫在李與戈什的催促下，嘴裡一邊喃喃詛咒對方，一邊摸索起大衣口袋，他拿出名片和紳士俱樂部的會員證，一把塞到管家面前。

管家花了不少時間仔細確認。

「剛才失禮了，這些還給您。」

「這下子你懂了吧！還不趕快放我們進去！」

「不，恕難從命。」

Ⅳ

這名管家頑固至極，他擋在約瑟夫、戈什和李三個人面前，一步也沒有要退開的意思。

「總之各位還是請回吧。」

他擦拭著尚未自額頭冒出的汗水。

「要是真的有什麼事，我主人會與您聯繫的。」

「真的有事情!?你是在懷疑我說謊嗎！」

「夠了夠了，約瑟夫爵士。」

李小聲勸道。

「今天先這樣吧。」

「可是！」

「有槍口對著我們呢，而且還不只一把。」

「……………！」

「很抱歉，那就下次再說吧。」

戈什和李行了個禮，不經意從左右兩邊抓住約瑟夫的手臂，轉身離去。在那一瞬間，李看見了管家那蒼老的臉龐上閃過一絲安心。

「還真是有管家的樣子呢。」

「哼，什麼樣的主人有什麼樣的僕人。」

約瑟夫一邊往正門方向走，一邊忍不住碎念。

「話說回來，說什麼波耳人拿他當目標要傷害他這種話，結果還到處亂跑，這個肯特！」

「您相信他嗎？」

「什麼意思？」

「說不定他躲在地下室，等著我們離開呢。」

「這也有可能。難道是怕我嗎？未免太膽小了吧。」

「但是，至少他昨天是獨自前來拜訪約瑟夫爵士的呢。」

「也就是說他其實一點都不害怕囉？」

不知何處傳來了時而堅硬時而柔軟的車輪聲。

「李，戈什，你們覺得那傢伙在打什麼主意啊？」

在雪路上緩緩前進的車輪聲打破了靜謐，但還沒能看見車子在哪裡。這是一棟相當寬敞的宅邸。

「要說他有什麼深意，又覺得他的行動有點輕浮呢。」

「支票那件事也是。」

視野一隅那片白色的光景當中，出現了一輛黑色的宏偉四輪馬車。

「會不會是要讓我們掉以輕心相信他？」

馬車的聲音更靠近了。

「說不定他的目標其實是約瑟夫爵士？」

有鑑於戈什說出了讓人意外的話，約瑟夫不由得驚惶。

「我、我可不記得自己被什麼人懷恨，不管是波耳人德國人還是法國人！」

「被記恨的人通常都是這麼說的呢。」

李邊說邊拉了年輕主人的手臂一把。那輛馬車絲毫沒有減速——雖然原先的速度也沒有多快——就這樣幾乎是從三人身旁擦身而過，往正門方向奔馳而去。就在那一瞬間，約瑟夫看見車裡有頂美麗而明亮的粉紅色帽子，以及比那帽子更加無比美麗的年輕女性側臉。

「約瑟夫爵士，又或者這次的事情會不會是和您父親有關係呢？」

約瑟夫覺得似乎聽見了李的聲音，應該就在附近吧。他心煩意亂地說：

「如果是這樣的話，父親的事情你們不是比我更清楚嗎？畢竟他不在英國的那段期間，我可是完全不知道發生了什麼。」

「您至少有收到信吧？」

「那種到處玩樂的父親，怎麼可能寫信給我！」

「對於幫您出了五年學費的人，語氣不可以那麼惡劣。」

約瑟夫陷入一陣沉默，戈什問：

「會不會是他有留什麼遺產之類的呢？」

「老爸才沒留什麼遺產呢，頂多就那棟房子而已。」

「應該有很多從世界各地收集的東西吧？」

「噢，那是不少啦……」

約瑟夫曾經調查過亡父的書房，但遺憾得很，什麼寶石啦金銀裝飾品啦還是藏寶圖這類東西半點影子都沒有。盡是些某種東西的化石、不管怎麼看都只能是石頭的石頭、紙張黏在一起打都打不開的古書、不知道是什麼玩意的頭蓋骨、破破爛爛還褪色的掛軸、大盤子的碎片……。雖然還有差不多二十個木箱沒有檢查，但約瑟夫實在也提不起勁勉強自己打開它們。然而，他也沒什麼其他急迫的待辦事項，萬一……不，一億分之一的機會，說不定那裡頭沉睡著幸運的寶物。

「如果像波耳人那樣躺在金礦脈上午睡，可能會被居心不良的英國人搶走喔。」

「戈什，你明知道我是英國人還故意這樣說的吧。」

「您能聽懂真是我的榮幸。」

三個人沿著馬車的軌跡走著，這應該是前往正門的最短距離。

「唉唉唉。」

約瑟夫故意嘆了一大口氣。

「要挖掘就要像施里曼那樣挖到特洛伊遺跡，或是像塞西爾・羅茲挖到鑽石礦脈就好了。」

「那是他們運氣好啊。」

「我可接受不了！那些傢伙是有行善積德才那麼幸運嗎？根本就是喜歡女童的死亡商人嘛……」

在當時，「蘿莉控」這種日製英文詞彙尚未出現。俄羅斯出身的作家納博科夫撰寫小說《羅莉塔》是在距離此時約五十年後的事情。

「總有一天約瑟夫爵士也會遇上令你意想不到的幸運的。」

約瑟夫正準備出口大罵施里曼時，被李輕輕制止了。前方終於看到了大門的影子，在小小的大門陰影後，有個雖是平房卻結構完整的小屋子。那應該就是守門人的小屋了吧。

「總之回去以後先打開您父親的書房，調查一下吧。」

「調查什麼啊？」

「總之您不要有先入為主的想法……」

「嗯哼，也就是說沒有調查目標嘛。」

約瑟夫不高興地叨念，一邊用鞋底用力踩踏毫無罪過的積雪。

「比起目標，我們更需要約瑟夫爵士您的許可……」

「講那什麼話，不就是個許可，隨你們拿啊。喂，快給我開門！」

最後一句台詞伴隨著他踢開守門人的小屋咆哮而出。守門人從房子裡跑出來，看見外頭三個人，拿著砍柴的斧頭呆愣。

「你、你們是怎麼進來的……」

「飛過來的啊。」

這倒也不是說謊。說這種話一方面也是為了嚇一嚇那位不安的守門人，他們三人終於離開了這棟難以理解又令人不愉快的宅邸。剛走了五六步，約瑟夫忽然想起非常重要的事情。

「那輛馬車上的淑女，不知道是哪裡人呢？」

「這個嘛，不知道呢。」

繼冷淡的中國人之後，印度人也跟著答腔：

「既然從肯特宅邸的正門出去，會不會是他們家的小姐呢？」

「真的嗎!?」

「不，這我也不能確定……不過也是有這種可能……」

戈什含糊其辭。李輕笑了一聲。

「看那樣的美貌若是肯特家的小姐，那麼肯特夫人絕對是個了不起的大美女呢。」

「嗯？噢，對耶。看起來實在不像是那個男人的女兒。」

總不可能是他的妻子吧，這件事情一定要搞清楚。約瑟夫帶著與當初完全不同的用意下定了決心，大大吐出一口白霧。由於始終沒有馬車路過，一行人只好開始走在積雪的道路上。戈什向主人說：

「昨晚那傢伙雖然赤裸著上半身，但有穿褲子呢。」

「是個不怕冷的傢伙哪。」

「……哎，總之是個很類似人類的東西吧。」

「我不覺得他會憑著自己的意志行動。」

「背後可能有人指使？」

「是肯特嗎？」

「也有可能是他的敵人。」

「不過到底是為了什麼？完全搞不懂動機。」

李邊走邊默默聆聽約瑟夫和戈什對話，冷不防停下腳步。他花了約莫三秒思考著什麼，然後對走在前頭的年輕主人開口：

「約瑟夫爵士，我想繞去一個地方好嗎？」

萊姆街，這是位於倫敦的中華城。那些處於偏見及歧視之中、遠離故國來做著低薪工作的人，被稱為苦力。據說這個詞彙的語源是印度語，但無法確定。

大英帝國法已經將奴隸制度給廢止了。然而他們還是需要領著低薪，從事「卑賤」工作的人，因此大英帝國和美國就從中國和印度召集了許多勞動者，威脅他們和資方簽約，然後把他們像貨物一樣塞進船裡。這其實就是人口買賣，即是奴隸勞動的系統，半數的人根本無法活著抵達目的地。

這正是為何會有人說「橫跨美洲大陸的鐵路，每一根枕木下都埋著一具中國人的屍體」。

「這裡和新加坡的中國城差不多呢。」

四處飄蕩著大蒜和豬肉的氣味，大大小小的煙圈左右漂浮。通常中國人聚集在一起，音量就會很大，不過這裡和新加坡不同，雖然聲音很大，卻給人欠缺活力的感受。

並且還有股令人感到噁心的甜膩氣味飄進鼻腔中。

「鴉片嗎……」

雖然早就預料到會有這種情況，三個人還是不禁皺起眉頭。尤其是李，臉上掛著不悅的表情，踢著腳步、踏破煙霧向前邁進。約瑟夫跟在他的後面，戈什墊後。

李徑直朝著大後方那張黑檀圓桌前進，四根粗重的桌腳，上頭纏繞了金色的龍。繚繞的煙霧當中，有個身形肥胖的老人。他坐在有扶手的椅子上，頭戴一頂沒有帽簷的帽子，身穿棉袍，手執一根長得過頭的菸管。李隔著圓桌抓住那根菸管，劈里啪啦就是一串中文。

一段很長的對話結束後，李用更尖銳的聲音對老人劈頭蓋臉地罵，怒拍圓桌，然後才回過頭面對約瑟夫與戈什。

「肯特在葡萄牙領地的澳門那裡有據點，經營鴉片窟和豬仔館。」

鴉片窟自然是不用說明了，而所謂的豬仔館就是將苦力聚集後，送往世界各地的設施。狹窄的房間根本是附設鐵窗的牢籠，餐點和豬飼料沒兩樣，當然也沒有浴室。在極度虛弱的狀態下，他們又像貨物一般被關進船底，衰弱致死的人就直接被丟進海裡。

李試著逼問老人：

「那裡送出了多少人？」

「不知道，估計超過一兩千人吧，有女人和小孩兒。你可別問我他們後來怎麼了。」

「你有幫肯特那傢伙一把吧！把自己的同胞當成奴隸賣掉，你就不覺得難過？」

「少跟我扯那些大道理。在祖國認真活著不也沒什麼好事兒。」

戈什聞言，只能瞪著天空。

「看來除了波耳人之外，他應該也承受了不少印度人和中國人的怨恨呢。」

「英國人也不喜歡他啦！」

約瑟夫忿然地說。自從見過肯特這個人，他就格外討厭他。

隨後李又問了對方兩三個問題，但看樣子是沒什麼收穫，因此約瑟夫跟在李和戈什身後走到室外。即便是大都市的汙濁空氣，也比鴉片的煙霧來得乾淨。

好不容易攔到了馬車，三人乘車踏上歸途。

「李，那個老人也是鴉片中毒者吧？但他還蠻肥胖的耶……」

「鴉片本身並不會使人變瘦。是窮人把買食物的錢都拿去買鴉片了，才會營養不足而瘦得不成人形。若是有錢人，根本不愁吃的，想多胖就多胖。」

回到家門前，安妮出來迎接大家，僕人們的起居間大門就這樣敞開著。桌上擺放的是盛裝著牛奶的杯子，和幾份疊在一起的報紙。看起來最上面的那一份是《每日快報》。

《每日快報》是創刊於一九〇〇年的新興報紙，仿效了美國的報紙，在第一面用龐大的文字刊載主要新聞，還附上一些小禮物，而且以半便士這種低廉價格出售。因此銷售量也以猛烈的速度追上發售已有一段時間的《每日郵報》。先前的報紙，第一面總被巨大的廣告淹沒，因此一眼就能分辨出兩者的不同。

安妮閱讀的則是《每日鏡報》，這是創刊於一九〇三年、主打給女性閱讀的報紙，是有許多照片的小報，閱讀者多為勞動者階級，因此也有相當龐大的勢力。

而當家的約瑟夫，自然是購買了上流階級閱讀的《泰晤士報》。只不過，他也會閱讀其他報紙。

安妮會閱讀文字。英國於一八七六年頒布了「初等教育命令」，因此小學成為義務教育。就算是貧窮家庭的孩童，也能夠前往學校上學、學會讀寫文字。總之整個社會是前進了一步，但也有些人相當忌諱這種情況。

「僕人那種人，會讀寫自己的名字就夠了。沒有錢的傢伙，沒有必要也沒有權利去學校那種地方。」

當然，這是一部份自認為「上流階級」人士的意見。他們大多隸屬於保守黨，同時把自由黨稱為「激進派」，大為憎恨他們，而更令他們意想不到的是，就在僅僅一年後的一九〇六年，會誕生比自由黨更加激進的「工黨」。

安妮拿了六種報紙來到約瑟夫面前，疊在桌子上。約瑟夫雖然很想讀那篇「人面狼現身林肯州」的報導，但還是忍著先拿起了《泰晤士報》掃視政治欄。而當安妮端來一杯濃濃的奶茶時，約瑟夫忽然想起一件事情。

「安妮，妳今天就睡在樓梯下面吧。」

「為什麼？」

「居然問我為什麼？因為昨晚發生那種事情啊。很難說今晚不會發生，當然是要避免危險。」

樓梯下方有一個小房間，是用來作為衣櫥或者女僕房間的地方。那裡是個六呎長五呎半寬的狹窄空間，不過能夠有自己的獨立空間，對僕人來說已經相當禮遇了。

安妮放下紅茶，將托盤夾到腋下。

「您不需要擔心我呀。昨天是因為太過出其不意了，既然知道會有可疑的人跑來，那我會先準備好拖把或撥火棒的。」

「對方不是打破窗戶跑進來了嗎！」

「李和戈什已經幫我把窗戶堵起來了啊。咦，可是這樣的話，可疑人士就進不來了呢，這可怎麼辦。」

「安妮，不要這樣為難主人。」

雖然李試圖開口安撫，但其他三個人都用一臉不能接受的表情看著他，臉上明顯寫著「你自己還不是一樣」。李旋即頓悟了大家眼神中的含意。

「戈什你也是這樣想的吧？」

「唔、呃，是啊。」

「約瑟夫爵士您認為呢？」

「我一開始就這麼說了！」

安妮環視三名男性，奮力跺腳。

「我雖然只是個女僕，但我可不想被別人在背後指指點點的！我才不想聽到有人說什麼費茲西蒙斯家有膽小鬼！我也要戰鬥！」

李嘆了口氣。

「安妮，像妳這種行為，在我的祖國叫做『暴虎馮河』呢。」

「是很勇敢的意思嗎？」

「是有勇無謀。」

安妮很認真地點了點頭。

「以中文來說還真是相當貼切的表現，不過也不一定要打老虎什麼的，反正能過得了河就過去了啊。結果好就是好，不是嗎？」

李聳了聳肩，戈什露出苦笑。

「要是有一整個中隊的安妮，愛爾蘭應該一個晚上就能獨立了呢。」

「說得不錯。」

一不小心就表示贊同，約瑟夫猛然想起話題的重點。

「愛爾蘭也好老虎也好，安妮，我是以雇主的身分不允許妳這樣胡來。妳今天晚上就在樓梯下睡覺，知道了吧？」

「這是命令嗎？」

「嗯，呃，對，是命令。」

「消極的命令會削減義軍的士氣。」

「什麼義軍啊？我僱用妳是要幫我做家事的，抓侵入者是李和戈什的工作。」

戈什向少女搭話：

「也好啦，安妮，妳就給雇主一點面子嘛。閣樓的窗戶我會好好堵住的。」

「要是這麼做的話，可疑人士就進不來了耶。」

「當然是為了不讓他進來，才要把窗戶堵住啊。」

「這樣的話，我根本就不用逃走啊？」

三位男性啞口無言地望著彼此。

「不，可疑人士不一定會從窗戶入侵……總之妳畢竟是個女孩子……」

「我明白了，我會遵守主人的命令。不過在那之前我還有事情要做。」

「妳能了解真是太好了。不過妳要做什麼？」

「我要燒很多熱水。」

「不需要燒什麼熱水啊。」

「那是武器。」

「武器？」

「對，要是昨晚的可疑人士今晚又入侵了，我就要拿熱水從他頭上淋下去。這一定很有效，交給我吧。」

三個人茫然地望著安妮大步走向廚房的背影。

「我總覺得……今天晚上入侵的傢伙有點可憐哪。」

喃喃說著這話的，不管是三個人中的誰好像都沒什麼差別。

第 4 章

ナイルの王者

尼羅的王者

I

到了下午三點，冬季的倫敦就進入漫漫長夜。濃烈的煤煙與夜晚的深沉融合，讓倫敦的男女老少都得憑藉著路燈的光芒前進，彷彿深海魚般泅泳。

對於在低緯度國家出生成長的戈什來說，這種情況令人難以置信，甚至開起拙劣的玩笑表示：「英國人侵略印度，可能是希望冬天有太陽吧？」但或許這根本就不是玩笑話。

而且，又有侵入者出現在費茲西蒙斯家了。這次侵入者打破了一樓的窗戶，翻身進入只點著一小盞燈光的漆黑客廳之中。

「我一定要讓他付出玻璃的錢！」

約瑟夫在心中立下誓言，沿著牆壁移動。戈什和李應該也各自有所行動。他們好不容易才說服安妮帶著水壺死守在樓梯下。

約瑟夫看準了（他是這麼想的）敵人的行動後，飛身竄到對方背後。

「停住！你不停下來的話，我就開槍了！」

在這種狀況下，不需要多加考量用字遣詞，約瑟夫採取相當簡單扼要的警告。然而回覆他的並非投降的話語，而是某種大肆破壞東西的聲音。看來應該是破壞了某個房間的窗戶，打算從那裡逃走吧？約瑟夫自認看破了對方手腳。

這間房子過分寬敞，且空房間又特別多，或許侵入者也放棄了。

夜晚的黑暗與燈火交錯，混淆了視線。為了不讓珍貴的銀彈浪費，約瑟夫必須更加謹慎。

槍聲穿過黑暗和光線。法國製的決鬥用手槍射出銀彈。子彈擦過侵入者的左肩，讓他腳步不穩地晃了晃。雖然看得不是很清楚，不過似乎有幾枚鱗片飛落。

「我是故意射歪的！下次就不會了。趕快投降，雙手舉起來！」

一喊完，約瑟夫就向後退了一步。侵入者雖然高舉起雙手，但也同時轉過身，朝著約瑟夫的方向撲來。約瑟夫被他抓住右手腕，開不了槍。侵入者的雙眼，猶如爐火中熊熊燃燒的石炭。

侵入者怒吼了。那並非是喊叫聲，而是有意義的話語。

「尼羅的王者！」

聽上去的確是這樣說的。

「尼羅？尼羅什麼？」

「把尼羅的王者交出來，交出來！」

「尼羅是指尼羅河嗎？」

約瑟夫兜著圈子質問時，那名侵入者的手從他右手腕上鬆開了。李拉開侵入者的手，並用膝蓋踢中對方下腹。

緊接著一陣含糊的慘叫聲響起。儘管不能說是漂亮的一擊，但至少也讓他受了點傷。約瑟夫把槍換到左手，右手拿著鐵製的撥炭棒前進。詭異的侵入者用毫髮無傷的右手拿起一個大花瓶，連同裡頭插著的冬季玫瑰一起往約瑟夫那裡丟去。花瓶從約瑟夫的頭上呼嘯飛過。

「糟糕，安妮在那裡！」

不妙的是要瞬間判斷這件事情到底是對安妮不利，還是對侵入者更不利，這實在是太困難了，總之情況非常不妙。

「安妮，趕快躲起來！不要做無謂的抵抗！」

這麼大喊完，約瑟夫才後悔起來。說不定侵入者會因為他這些話而獲得更多資訊。

約瑟夫在黑暗中加快腳步，左邊卻忽然感受到一陣衝擊。是某個人用力撞了過來，約瑟夫的身體大幅度搖晃，好不容易才站穩腳步。

「約瑟夫爵士！」

那是李的聲音。約瑟夫打算回應，卻被侵入者強而有力的手猛然一推，結果和李兩個人一起摔在地上。狂亂的腳步聲逐漸遠去。

「不只一個人？」

「先抓住其中一個吧。」

李猛然起身。

「痛痛痛！不要踩主人啦！」

「還請您原諒，在這麼緊急的時候這點小事無關緊要。」

「你說主人的事情無關緊要？喂！」

約瑟夫也起身了。因為李把腳拿開了。

年輕的白銀騎士團長決定晚點再來責備無禮的僕人，還是得先抓住侵入者才行。

「別逃！」

他再次吶喊著毫無新意的話語，跑了出去。說時遲那時快，他腳下滑了一跤，差點就要吻上溼答答的地板。而這樁慘劇之所以沒能發生，是因為李用更快的速度抓住了他的手。

某處又傳來東西破掉的聲音。聽上去是戈什在和對方打鬥，似乎對那位卡拉里高手來說也相當棘手。沒多久以後傳來相當明確是玻璃破掉的聲音，看來侵入者們逃走了。

「真是有夠難看的。」

約瑟夫碎碎念。

「兩次迎擊卻兩次都讓對方逃走，我可不記得以前發生過這種事情！」

「您的記憶力與事實並不相符。」

李冷靜地指正，一手拿著沒了蓋子的水壺。地板會濕淋淋，是因為安妮把裝滿水的水壺丟出來的關係。

戈什將大門打開一個縫隙，偷看外面的情況。

「門外聚集了不少人喔。」

「三更半夜的要幹嘛啊。」

「就是三更半夜的還鬧成這樣啊。還有人叫我們開門，要怎麼辦呢？」

「不要管那些人啦。反正就算我們不報警，警察也會過來了，在他們到之前都不要開門。」

「我明白了。」

約瑟夫換了個話題。

「那些傢伙，好像有說些什麼奇怪的東西耶？」

對方的聲音很激動，李和戈什應該也有聽到。

「好像是說『尼羅的王者』。」

「對，的確是。」

「是寶石！」

有鑑於約瑟夫放大了音量，僕人們也不禁抬起眉毛來盯著主人。約瑟夫整個人異常興奮。

「哎呀，就是寶石不是都會取那種很漂亮的名字嗎?像是『多瑙河的女王』、『撒馬爾罕的夕陽』或『波羅的海公主』那類的……我想說是不是那種名字。」

兩位東方人面面相覷。戈什聳了聳肩，李輕咳了兩聲。兩個人看起來都是故意的，但約瑟夫卻假裝沒發現。

「既然會取什麼『尼羅的王者』這種誇張的名字，肯定是更貴而且來頭不小的東西。是鑽石吧？或許跟哪個東方王室有關係。」

「可是，約瑟夫爵士。」

戈什忍不住與主人唱起反調。

「如果是美麗的鑽石，那應該不會叫『王者』而是『女王』或者『公主』這種的吧？」

「這種事情因人而異吧？這個世界上也是有那種格調很差的傢伙啊。」

「唉……」

「話又說回來了，約瑟夫爵士，那種寶石怎麼可能會在這棟房子裡？說真的，寶石可不像是這房子裡會有的東西呢。」

約瑟夫岔岔地瞪著隨從們。

「真是的，你們幹嘛掃我的興啊。就不能浪漫一點嗎？」

「因為約瑟夫爵士懷抱著三人份的浪漫，所以我們身上就沒有了。」

李的諷刺一點都沒傳達到約瑟夫耳朵裡。

「畢竟還有安妮，應該算四人份吧？」

「安妮不能算啦，她有愛爾蘭獨立的超級龐大浪漫情懷啊。」

「噢，說得也是。」

年輕主人萬分不悅地盯著自顧自點頭的印度人和中國人。

「那種危險思想哪裡浪漫了？雖然也有很多人批判，不過我頂多是大英帝國的手背。」

「手背……？」

「喔唷講錯了啦，我是說守衛啦。不要一直挑我毛病。」

旋即，一陣既輕快又有點慌亂的腳步聲傳來，安妮跟著現身。她向約瑟夫報告已經將門外那些看熱鬧的傢伙都趕走之後——

「李！戈什！」

又轉而嚴厲地看向隨從們。

「有你們在這裡，居然還連續兩晚都讓侵入者逃走了，這是怎麼回事!?這可是關係到費茲西蒙斯家的顏面啊！」

「我們無話可說。」

李和戈什異口同聲答道。畢竟這也關係到他們自己的顏面。

II

對戈什和李呵叱過後，安妮又轉向年輕主人。

「約瑟夫爵士，詳細情況我不是很清楚，但既然都這樣了，我認為還是應該去和警察商量。」

「不……警察有點，那個……」

「不方便嗎？」

「呃，也算是啦。不、不要誤解，有點原因的啦。」

「不方便找警察的話，是不是乾脆告訴您的姑母大人呢？我是指約瑟芬女爵。」

所謂女爵是和男性的爵士差不多的貴婦稱號。

「姑母大人？不，那不行，那樣更糟，絕對絕對不行。」

約瑟夫用力搖頭。姑母大人，也就是祖父的姊姊約瑟芬，雖然已年屆八十九，但她的頭腦、氣質和身體都強壯到令人不認為她是名老婦人。約瑟夫自己的名字，也是用她的名字取的，而她本人在費茲西蒙斯家中也是一名被讚揚為「母獅子」的剛強之人。該說是「氣味相投」嗎，她對僅僅身為一名女僕的安妮也十分中意。

「啊，現在是冬天真是太好了。姑母大人正在南法避寒呢。」

「她隨時都有可能回來。」

「李啊，你說這種話是尋我開心嗎？」

「不，並不是。」

「那你就閉嘴！」

就在約瑟夫抱胸思考了幾秒鐘後，似乎想起什麼而嘖了一聲。

「哼，說到底要進我家來偷東西，也太笨了吧。根本就沒有什麼可偷的啊。」

約瑟夫挺起那不怎麼厚實的胸膛，嘲笑著侵入者。印度人警告過於天真的主人：

「或許只是我們不知道，但其實有什麼東西呀。」

「這樣一來，就表示老爸有什麼沒告訴你們的秘密囉？」

「不，這個就不……」

戈什和李相互對視。屋子裡半數的房間都關上門了，還放了一大堆連算都懶得算的木箱和皮袋。地下室、閣樓、衣櫃，盡是些未使用過的空間。安妮會好好打掃，整理大家用過的地方，但是沒有使用的，實在也空不出手去處理。說起來安妮一個人根本就做不完，而戈什和李又不能去隨便亂動。

「說起來這太奇怪了吧。委託我們工作之後就完全不聯絡，去拜訪他還直接被趕！那個叫什麼肯特的，真是太奇怪了。應該要逮捕他好好問一問！」

「他不是罪犯，是客人啊，安妮。」

「問題就在這裡，約瑟夫爵士。他大概是不想和警察扯上關係，有什麼見不得人的理由，所以才會來找我們白銀騎士團啊。」

安妮認為自己也是白銀騎士團的一員。畢竟沒有什麼入團儀式、誓言或者資格資產的問題，所以能夠隨意自稱。只要別在其他地方亂說話，約瑟夫也沒有禁止她的理由。

落落大方陳述完自己的意見，安妮又放下騎士團員的身分，開始做起了女僕的工作。她絲毫不理會毫無用處的男人們，逕自拿出抹布擦拭髒汙的地板，為已經要熄滅的爐子添上炭火，然後把水壺放上去。

「不用那樣啦，安妮。」

「為什麼？」

「每天晚上都這樣的話，很花石炭錢。」

約瑟夫說完這種吝嗇鬼的台詞後，嘆了口成分複雜的大氣。安妮用一種「你就是這個樣子」的眼神看了年輕的雇主一眼，卻也只能嘆著氣把爐火熄了。

「如果那什麼『尼羅的王者』真的是昂貴的寶石，我們就不用這麼辛苦了呢。」

費茲西蒙斯家的主僕們心裡不禁這樣想。

「約瑟夫爵士，有個東西要請您過目。」

李和戈什走了過來。

「怎麼啦？」

「是張照片。」

約瑟夫接過他們遞過來的照片，凝視了三秒鐘。然後抬起眼，瞪向兩名東方人隨從。

「這是誰啊？」

「就是格雷戈里．肯特爵士。」

「我可不認識這傢伙！」

約瑟夫讓自己的聲帶奮力工作。

「這跟我先前見到的傢伙，根本不是同一個人啊！」

照片上的男人，是將頭髮剪短到兩耳上方的中年男子，留了一把和細長臉龐不相襯的鬍鬚，延伸到左右兩邊呈現三角形。這不管怎麼看，都和兩天前早上來訪並且留下支票的男人不是同一個人。

李解釋道：

「我在舊書店尋找紳士圖鑑，把有照片的那頁撕了下來。」

「你居然做那種事情！」

「我在圖鑑裡面夾了兩先令，當成必須支付的經費。一本書要三英鎊，我可付不起。」

「好啦，稍微冷靜點。」

戈什安撫大家。

「先前也說了，支票已經好好地換成了現金，所以支票是真的，而肯特……」

這個問題有待商榷。戈什沒把話說完，李接下去說：

「不可能同時有兩位格雷戈里．肯特，這樣違反大自然法則。」

「那就是其中一個是假的了。」

「畢竟簽名也可以模仿。」

約瑟夫看看隨從們，又仰頭看看天花板，再低頭看看地板，最後憤然地說：

「為什麼要偽裝成別人過來啊！我無法理解這個邏輯。」

「我們也不明白。」

「必須馬上確認呢。」

「欲速則不達，還是觀察一下吧。」

李正安撫著，戈什卻提出疑問：

「說起來應該是肯特被狙擊，為什麼費茲西蒙斯家卻遭到兩次攻擊？」

「……你什麼時候發現這件事情的？」

約瑟夫用試探性的口吻向戈什確認。

「就是現在。」

「這樣啊，那我比你早一些呢。」

約瑟夫在一些無聊的小事上自豪完，又放大音量說：

「在肯特被某個人狙擊的同時，另外有不知名的人攻擊我們費茲西蒙斯家，不可能這麼偶然！」

沒有錯，隨從們也點點頭。絲毫沒有反駁的餘地。

「或許我們也能這樣想。」

李提出意見。

「狙擊肯特的人，和襲擊費茲西蒙斯家的人，並非毫無關係，而是共犯……」

「雙方的目的是一樣的？」

「對。」

「但是肯特和我家之間，有什麼共通點嗎？昨天，不，前天我們才第一次見面啊。」

「您的父親呢？」

「老爸嗎？」

「您父親和肯特都曾經在東洋地區活動，也許他們在香港或新加坡等地有過交集。」

約瑟夫正想反駁，卻又閉上嘴陷入沉思。

III

在費茲西蒙斯家最為奢侈的，就是女僕有假日。安妮每星期有兩天，下午一點到五點休假。然後每個月有兩天，是完整休假一天。

有些女僕甚至到了一九三〇年代才能獲得每年一天的休假，因此費茲西蒙斯家的勞動環境，著實是相當進步。約瑟夫從孩提時代起，就對其他家的人苛刻對待僕人，甚至一臉偉大地命令他們這件事情感到不可思議。親戚還有朋友們也都曾經勸諫過他。

「約瑟夫，你對僕人們太好了。太過放縱他們的話，會混淆階級的啊！」

「就算你這麼說，也來不及啦。」

約瑟夫並沒有把這種話說出口，只是笑著點點頭。更何況以前雖然有十多名僕人，但現在也只有三個人。面對李、戈什和安妮，就算是兇他們也沒用。

不過，無論是多麼嚴苛對待僕人的家庭，也都會給予年假。大概會有一或兩星期，可以回到自己的老家。但是在那段期間就不支付薪水。

諷刺的是，安妮孤身一人，所以也沒有什麼回鄉的樂趣。因此就乾脆打扮得漂漂亮亮去看戲劇或電影。當時法國的百代是歐洲最大的電影公司，英國也進口了許多他們的作品。然而那時還沒有時間比較長的電影，通常都是二十分鐘以內的搞笑劇、浪漫喜劇、犯罪劇等，當然都是黑白的。

安妮還沒傍晚便回到家裡，馬上換了衣服開始做晚餐。儘管她對勞動者權益相當囉嗦，不過這位愛爾蘭女僕認為，這並非勞動、而是自己的興趣，所以沒關係。因為戈什和李教了她不少東西，所以安妮也能做出中華料理和印度料理。不過當然，對東方人們來說，充其量只是「模仿」的程度罷了。

躺在廚房長椅上看著書的戈什起身，他似乎是在讀達達拜・納奧羅吉的著作。

達達拜・納奧羅吉是印度人，他在一八九二年到九五年之間，還曾是英國下議院的議員，是由英國人投票將他送進議會的。除了他身為經濟學者相當知名以外，英國在嚴苛支配殖民地之下，也考量到多少要錄用這種人才來讓當地人民感到高興，這正是大英帝國經營殖民地的方式。

「也就是所謂的懷柔政策哪。禮遇穩健派、抑制激進派，完全就是狡猾的英格蘭人作風。」

「妳是在哪裡學到這種觀念的？」

「勞動代表委員會的宣傳手冊上。」

「喔？之後能借我看看嗎？」

「好啊，那你買的報紙也要借我看。」

「好啦好啦。」

約瑟夫以上流階級人士的風格，緩緩地翻開了《泰晤士報》，目前印度和中國似乎都相當穩定。

大英帝國征服印度的歷史非常悠久，但也不是一直都很順利。一七五六年六月，「黑洞事件」發生了。一百四十六名英國軍人被孟加拉地區的地方首長俘虜，全部被關進加爾各答的監獄中。那座監牢非常狹窄，沒有窗戶也沒有通風口，並且當時還是夏天。僅僅過了一個晚上，第二天早上，他們要拿早餐給俘虜們的時候，才發現大半數人死於壓死、缺氧以及中暑。生存者僅有二十三人。

這個事件讓英國人憤恨不已，因此決定採取行動。大英帝國將軍隊送往孟加拉地區，占領他們的土地、破壞都市，將那名首長抓起來丟進監獄裡任其自生自滅，宣告占領了孟加拉地區。

對此，戈什表示：

「英國一直都在尋找軍事攻擊的藉口，不能讓他們找到一丁點理由。」

李和安妮也完全同意這個說法。但同時，為何他們的年輕主人會這麼的全身上下皆有隙可趁，簡直讓人不可思議。

安妮來告知訊息：

「有客人，他說他是警察，要讓他進來嗎？」

「他有沒有報上大名？」

「他自己說是艾伯特警官。」

「噢，那就沒問題。」

反正警察一定會跑來，若是已經見過面的總是比較好一點。

「感謝您讓我從房子大門走進來。」

艾伯特警官行了個禮。這裡畢竟是號稱貴族之人的家，會讓警官從屋子大門口進來非常難得。

玄關一旁有個長寬約十呎大的房間，以前是管家房，不過現在用來作為接待「非賓客之客人」的地方。約瑟夫與戈什一同帶艾伯特警官前往該處，在隨從的監視下，只開口說出對方詢問的事情。

艾伯特警官那雙小小的眼睛閃爍著責備的光芒。

「像這種事情，你們應該要主動告訴警方啊，這也是為了您的安全起見。」

「是我太失禮了。」

約瑟夫裝出惶恐的樣子。

「雖然我費茲西蒙斯家的衣櫥裡並沒有藏著白骨之類的東西，但還是希望能夠盡可能不要麻煩國家人員呢。」

「衣櫥裡藏著白骨」的意思就是「無法讓其他人知道的秘密」。

「這我也是可以理解，看似善良的市民如果將衣櫃打造出另一層，通常都是有其理由的吧。噢，不過這只是大多數的情況啦，請您不要太在意。」

「我並沒有在意，只是有些奇怪的東西想讓您看看。這看起來很像是某種鱗片……」

「鱗片？」

「就是這個。」

戈什遞出鱗片。艾伯特警官雖然遲疑，但還是接下東西，一臉厭惡地看著，然後用指尖捏起來。

「我也是第一次看到這種東西。是鱷魚嗎？如果是從動物園或者馬戲團跑出來，那就得動員所有警力去抓才行了……」

「那部分的搜查就麻煩你們了。」

約瑟夫從艾伯特警官的手上拿回鱗片，交給了戈什。這種東西還真不想在手上放太久。

有人活力十足地敲打著門扉，聲音是從門板下半段傳來的。安妮那傢伙，居然用腳踢門啊，約瑟夫剛這麼想，戈什已經前去開門。安妮端著放了紅茶的托盤進來。她將紅茶和牛奶端給主客後打算馬上離開，卻被年輕的主人給制止了。

「對了安妮，妳也和警官聊聊吧。」

「是女僕嗎?聽說是妳揮舞著水壺擊退侵入者……」

「我沒有揮舞，拿著水壺犯罪了嗎?」

安妮右手插腰、左手放下托盤擋在胸前。

「不，不是的……」

「就算我只是一名僕人，主人家發生危難，我奔上前也是理所當然的!」

艾伯特警官感到有點困擾。

「我懂我懂，妳非常盡忠職守，我也很感動。」

「與其說是盡忠職守，這是我身為愛爾蘭人的矜持!說起來……」

「噢，夠了，安妮。」

被年輕主人安撫的愛爾蘭人安妮，行了個禮便回自己的工作崗位去了。

「費茲西蒙斯家確實遭到了攻擊，不過肯特先生遭人狙擊這件事，目前還在推測階段。」

「與其說是推測，更有可能是妄想呢，警官先生。」

聽戈什這麼說，艾伯特警官哼了一聲。

「你的英文用得倒挺講究的嘛，雖然是個印度人……」

艾伯特警官在千鈞一髮之際避免了自己失言，約瑟夫可沒看漏。

「我想說的是呢，約瑟夫爵士，對警方來說實際發生的事更重要。也就是您的屋子遭受某人攻擊了。警方有保護各位人身安全的責任，因此想先向您確認一些事情。您能想到可能遭受犯罪者或暴徒攻擊的原因嗎？」

「呃……沒有呢。」

約瑟夫不管三七二十一先否定，但還沒過兩秒，他也被人否定了。

「有的。」

印度人和中國人異口同聲回答，約瑟夫差點直接跌倒。

「喂！你們在主人面前多嘴什麼啊……！」

戈什刻意略帶深意地看著警官。

「約瑟夫爵士，都到這個地步了，我想還是老實告知大英帝國的警方比較好。」

「我也有同感。尤其眼前這位警官大人是能夠信任的對象，我覺得還是不要隱瞞事實，請他協助我們比較妥當。」

東方人的油腔滑調令艾伯特警官不禁嘴角上揚，但又連忙繃緊表情。

一個小時後，在（自稱）格雷戈里・肯特之人的宅邸前，停了一輛馬車。四名身穿長外套的男性，一個個從馬車上走下來，到積雪與泥巴路上，似乎來者不善。門環被用力敲響。

「開門！我是警察！」

肯特家那位守門人壓下瞬間的迷惘，隔著大門的鐵欄杆瞪向不速之客。

「警察之流的來幹嘛啊。」

「這點我會親自向格雷戈里爵士說明，你只要向主人報告警察前來就好了。」

守門人眼神惡劣地盯著艾伯特警官，又依序掃過約瑟夫、李和戈什。

「這不是昨天硬闖的三個人嗎？我不知道你們要做什麼，但主人還在睡覺，你們請回吧。」

戈什聳了聳肩。

「看來傲慢的飼主也會養出狐假虎威的狗呢。」

「人也一樣啊。」

李的反應相當無趣，卻無聲無息地伸出了手。那輕易穿過鐵柵欄的右手，抓住守門人的衣領、毫不留情地往前扯。守門人的大鼻子猛然撞上鐵欄杆，忍不住慘叫了一聲，腰帶上的鑰匙也整串被拿走。

「一大早的在做什麼！」

已經除過雪的石板路上傳來腳步聲，宅邸的主人也一同現身。

IV

「怎麼，這不是派翠克爵士嗎？你在那裡做什麼。」

「我是約瑟夫爵士。」

約瑟夫以滿懷輕蔑及厭惡的視線，用力刺向那名中年男性。

李眼明手快地打開了大門上的鎖。約瑟夫、艾伯特警官、戈什……等不速之客也依序進入了肯特家的院子裡。

「你們要做什麼，這是非法入侵！」

「警察就在這裡，倒是不用報警了呢。」

艾伯特警官接下去說：

「事態緊急，還請見諒。」

「就算你們這麼說……」

「兩百年前，國王詹姆斯二世陛下由於戰役失利而敗北，扮成女裝逃——不，亡命到荷蘭去。雖然還不到那種程度，但是緊急事態就必須要有特別的處置。」

肯特看起來相當痛苦。

「那麼，是什麼樣的緊急事態呢？」

「這正是問題所在。格雷戈里爵士，昨晚這宅子有沒有發生什麼怪事？」

「為什麼會這麼問？」

「沒有嗎？」

屋主只是隨便應付，因此對話毫無進展，戈什和李交換一個視線後點了點頭。戈什無視禮節直接向肯特搭話。

「其實昨天晚上，有神秘的入侵者出現在我們家中。」

「神秘的入侵者？是什麼人？」

「知道是什麼人，就不會說他神秘了。」

約瑟夫難得像是要諷刺人般，有些涼意地打了個噴嚏。

「入侵者把閣樓房間破壞得亂七八糟後逃走了，幸好沒有人死亡或受傷，但是窗戶、玄關大門這些地方，都受到了損害。」

肯特沒有回話。

「因此才想問問您，昨晚這間宅子沒有入侵者嗎？」

「沒有。」

白色的吐氣包圍在臉頰旁。

「托國王陛下的福，是相當和平的一晚。就連狗都沒有吠叫，是你們來了以後才吵吵鬧鬧的。」

「這樣啊。話說回來天氣有點涼呢，站著說話也不是很好，能讓我們進屋子裡嗎？」

「沒有能讓你們進去的地方。」

「讓路人都看見也沒關係嗎？」

聽見約瑟夫這麼說，肯特皺了皺眉，稍微思考後，還是只能讓他們進了宅子大門。

「我被波耳人狙擊了。這件事情我有告訴約瑟夫爵士，委託你解決，看來你沒有遵守保密約定呢。」

「恕我直言，格雷戈里爵士，我們並沒有談到什麼保密約定之類的事情喔。」

既不讓他們進到裡頭，當然也不準備上茶，這位自稱肯特之的人，很顯然根本沒有要擺出紳士的面貌。沒讓戈什和李等在外頭，恐怕也只是一時沒留神罷了。兩位東方人盡可能安分待在年輕主人背後，以免過於顯眼。

「你見過這個東西嗎？」

約瑟夫打開手帕，白色布條裡包的是鱗片。在挑高窗戶射入的光線下，綻放出不知該說是藍色或者綠色的光芒。

「這是什麼？」

「你覺得看起來是什麼？」

「……鱷魚的鱗片嗎？不，也可能是大象或犀牛。我不確定。」

「你的意思是，以前沒有見過是嗎？」

「應該是沒有看過吧。」

肯特沒有把話說死，顯然很謹慎。

「在非洲的時候也沒見過嗎？」

「不記得。別廢話那麼多就直說吧，這是什麼東西的皮膚？」

「人類的皮膚。」

「人類的!?」

肯特看起來相當驚訝，但在打從一開始就抱持偏見的約瑟夫眼中，反而覺得他相當做作。

「我可沒看過這種人類的皮膚。到底是哪裡的人種？博物學者們應該會一窩蜂跑去吧。」

「或許是病人？」

「這我怎麼會知道，我又不是醫生。」

「總之你不告訴我們真相的話，我們也沒辦法協助你處理。在不明白理由的情況下，每天晚上都有人入侵祖先留給我的房子，我實在受不了。」

約瑟夫刻意擺出不愉快的表情，從上到下掃視肯特全身。

「格雷戈里爵士……」

艾伯特警官才剛要開口，馬上被肯特堵住話。

「我沒有允許你發言，警察站在一邊看著就好。」

「是這樣嗎？若是你委託我卻又不信任我方，那麼我也有自己的想法。」

約瑟夫回頭看看背後的兩名隨從。肯特發現東方人們的存在，眼光露出了敵意。

「你要做什麼。」

「我要拒絕委託。」

在光明正大做出宣言的約瑟夫身後，戈什和李迅速對看了一眼。口氣誇張了點，不知道有沒有勝算呢？

「你的意思是原本接受了委託，事到如今卻要拒絕是嗎，男爵？」

「我是準男爵。」

「噢對，你不是閣下只是爵士而已。」

肯特的言詞中滿是惡意。

「這樣啊、這樣，也好，如果你要拒絕的話也沒關係，那麼訂金的兩百五十英鎊，就麻煩你立刻還給我吧。」

「訂、訂金……!?」

約瑟夫忍不住拔高音調。李和戈什不約而同在內心嘆了口氣，看來是早就料到這種情況。

「呃，那個是違約金……」

「講那什麼蠢話！」

肯特（他是如此自稱的）把紳士的面具丟到北極去，一面咆哮著。除了約瑟夫外的三個人，都開始懷疑竟然沒有人因為他的怒吼而跑出來看看。

「我明白了，格雷戈里．肯特爵士。」

約瑟夫自己調整好心態開始反擊。

「但是你如果不協助我們，我們當然也有選擇手段的權利。更何況我不能默默讓騎士的顏面掃地。而且我家遭到毀壞的事情，也不能就這樣不管……」

「哼，噢，這樣啊，不然訂金的部分就拿去修理宅子吧，如果你好意思說那叫宅子的話。這點度量我倒也還有啦。」

約瑟夫兩眼發亮。

「我也認為這樣還算妥當。」

「好，我們的對話結束了。麻煩你們儘快離開。」

「不，其實才正要開始談。」

接下來他們進行了大概五分鐘不愉快的對談。

「……因為這樣，格雷戈里爵士，今天晚上起我們要住在你的宅子裡。」

計劃變得對肯特來說有些詭異。

「呃，不，不需要那樣……」

「我們會挺身保護你的，還請放心。」

「夠了，不用你們多管閒事！我就說不需要了！」

「你不是被危險的波耳人盯上了嗎？而且也不想和警方扯上關係。對我們來說，半途而廢丟下工作，也會影響到今後的信譽。你應該要協助我們以斷後顧之憂比較好吧？」

約瑟夫盡可能擠出惡毒的笑容。教導他演技的李和戈什將笑意藏在毫無表情的面容之下，戈什看準了時機，刻意以肯特也能聽見的聲音喃喃說著。

「這樣今天晚上安妮會一個人在家，是否不太妥當呢？」

約瑟夫故意擊掌。

「說得也是，是我大意了。我們三個人都住在這裡的話，家裡就只剩下一個女孩子了，確實是不大好呢。」

「李或者是我回去家裡吧？」

「不，這樣我們的戰力會被分散……還是肯特先生的安全第一。」

突然，尖銳的笑聲撕裂了寒冷的空氣。眾人一同望向聲音來源，大廳深處的門敞開來，一個人影現身。一名白髮男性穿著居家長袍，站在室內。他雖然一頭白髮，臉龐卻相當年輕，看不出他的年齡。雙眼的顏色是綠色還是棕色呢？距離太遠了實在看不清楚。

他沒有自我介紹、也不向大家打招呼，便自顧自地說起話來。

「從前可真是好哪，反抗雇主的傭人之輩，可是會光溜溜被趕到雪中呢。現在呢？什麼勞動者權利、工會運動、最低薪資的……真是搞不清楚自己的身分！」

白髮男性的聲音裡，迴響著讓人膽寒的音調。雖然沒有寫在臉上，但約瑟夫感到相當困惑。這個人的年齡，比剛才更難判斷了。莫非他並非少年白，而是如髮色所示的長者嗎？「從前可真是好哪」這種話可不是年輕人會說出口的。

總之這個男人的地位應該比肯特高，約瑟夫非常肯定。

V

眼見肯特打算跟上前阻止，李和戈什連忙從兩邊擋住了他。約瑟夫一個人往前走去，張口失禮地說：

「你是波耳人嗎？」

「不對。」

「那就是英國人？」

「不對不對不對。」

男人用演員一樣的語調重複著話語。

「我是非洲人，而且我說的語言不是波耳語，是非洲語。」

「非洲人應該是從以前就住在那裡的黑人們吧？」

「不對！」

男人的音量並不大，卻彷彿尖銳的針刺到約瑟夫的鼓膜上。

「你從剛剛開始就一直說『不對』耶，沒有其他台詞了嗎？」

「那是因為你們太過愚蠢、無知不長進、不懂世界不懂歷史也不懂哲學！」

「噢，是這樣啊。但不懂世界、不懂歷史、不懂哲學，也能活下去喔。」

「你就是範例是吧？準男爵。」

約瑟夫假裝沒聽見。

「所謂的非洲居民幾乎都是荷蘭人，不過也有法國人和德國人呢，你是哪裡人？」

「那些傢伙才不是非洲居民。世界上最高貴且優秀的人種，是純粹的非洲人。接下來是盎格魯撒克遜人，也就是你們英國人。」

「真是太榮幸了。」

「若你真這麼想，就不要再妨礙我高貴的義務了。不需要你們多管閒事出手。」

約瑟夫刻意嘖了一聲。

「是你們先向我們費茲西蒙斯家出手的吧？一開始可是你那位無禮的部下來敲我家大門的呢。」

被批評為無禮部下的肯特滿臉通紅。白髮男性沒有發出聲音，只浮現出有如薄刃般的笑容，然後表情驟然一變，以冷靜而又安穩的狂熱開始發表演說。

「那些黑人根本不去調查自己腳下埋藏著大量的黃金和鑽石，就只在荒野上養牛、過著石器時代的生活。別說他們是野蠻人了，根本就不是人類。我們才是真正的非洲人！」

約瑟夫的不悅感衝上頂點。他又前進了幾步，站在門前。兩張臉只距離了三英呎面對面。

「約瑟夫爵士，請您小心點！」

約瑟夫聽著背後傳來東方人們的警告，同時瞪向對方的臉龐。

「馬古……」

這應該是肯特的聲音，但白髮男性的視線一轉過去，他的舌頭和嘴唇便僵住了。

「馬古」應該是白髮男性的名字開頭吧，雖然這麼想，但大概沒辦法知道後面是什麼了。

「真是令人驚訝。」

「喔？很驚訝嗎？準男爵。」

「是啊，我很驚訝。對你來說所謂人類的身分認同，只能用皮膚顏色來區分嗎？如果不是白人，那麼你連一便士的價值都沒有。這是你自己的想法呢。」

約瑟夫依然瞪著白髮男性，看著他臉上的表情完全消失。

「您可以再多說點，約瑟夫爵士。」

「沒錯，不用在意文法之類的。」

兩名東方人用話語支持著年輕主人，不過這一點都不友好的對話就和開始的時候一樣驟然結束了。門板發出響亮的聲音被關上。

李和戈什放開肯特的身體，奔往年輕主人身邊。在三言兩語討論過後，約瑟夫於兩名隨從保護下回頭。已經知道了幾件事情，繼續待在這宅子裡實在很危險。

「馬古斯大人……」

格雷戈里．肯特爵士輕聲呼喚著。口氣慎重到完全不像是一家之主。因為沒能馬上聽見回應，所以幾秒鐘後他又滿懷畏懼地開口。

「馬古斯大人……」

「我聽見了。」

坐在躺椅上的白髮男性冷冷地回答。就連這吸菸室中滿滿的暖氣，似乎也偷偷從哪兒溜走了。

「真的非常抱歉。但我想說，還是要跟您報告一下……」

「不需要。我在這裡都知道。」

「實、實在惶恐。」

「那樣就行了嗎？馬古斯大人。」

「嗯，可以。」

那名被稱為馬古斯的白髮男性，打開銀製的菸草盒蓋子拿出香菸，卻沒有送進口中，僅僅用手指夾著。

「沒想到那個少爺會拿到那種東西。鱷魚的鱗片?哼,就那麼點想像力。比起那少爺,那些東方人隨從還比較麻煩。」

「噢,但他們也只是有色人種。在下愚蠢,但那種沒有價值的劣等人種,應該不需要您煩心……」

被稱為馬古斯的人,左邊嘴角抽了抽。

「就算是王族,也可能會被雜種野狗給咬到。要是得了狂犬病,可就麻煩啦。過於大意是蠢人才會做的事。」

肯特萬分狼狽地低下頭。

「罷了,看在你還懂輕重的份上,就不怪你了。」

「實在萬分感謝。」

格雷戈里·肯特爵士相當有禮地鞠躬。被稱為馬古斯的男性,將菸湊近嘴巴的時候,忽然想到了什麼似的又將手放下。

「『尼羅的王者』對魔奇來說是不可或缺的,具有一定的重要性。」

「是的。」

「目前歐洲的列強維持著奇妙的平衡,只有表面上的和平勉強保持著……」

被稱為馬古斯的人,將視線投向左方的牆面。他眺望著長寬約五英呎的大型歐洲地圖,以舌頭舔了舔上唇。

「改寫國界線這種行為,甜美得不可置信呢。」

「您、您要做什麼呢？」

格雷戈里‧肯特爵士的聲音裡帶有一絲不安。那位被稱為馬古斯的男性，用彷彿電影倒帶般的動作，將菸捲收回了銀盒當中。

「我沒有打算要做什麼。放著不管，那些自稱為列強的傲慢之人也會自己引發戰爭。沒錯，大概再過十年吧。」

「十年……」

「我先前是這麼想的。」

肯特不知道該對馬古斯這個人做出什麼樣的反應，上半身就像便宜的石膏像一樣凝固著。馬古斯將手支著那線條優美的下顎。

「但是從上一世紀的後期開始，卻有了新的國際關係要素，這可不能無視呢。你知道我在說什麼嗎？」

肯特吞了吞口水，抱著必死的決心開口回答。因為對方不會給自己太長的思考時間。

「您是說美利堅合眾國嗎？」

馬古斯輕輕點了個頭，肯特瞬間覺得撿回一條命。

「就算是大英帝國，工業生產力也已經追不上美國和德國了。可不能坐等霸權交接哪。趁他們還在群魔亂舞的時候，我們得要一步步完成神聖的使命才行。」

馬古斯忽然站了起來，肯特嚇得差點跌倒。

4 尼羅的王者

「這件事情絕對不能讓那個小丑一樣的黃毛小子來阻礙。」

第 5 章

マグスの招待

馬古斯的招待

I

從大馬路的方向隱約傳來了明朗又欣喜、能夠溫暖人心的音樂，那是聖誕頌歌。就連汽車喇叭、孩子們的談笑聲、狗吠聲、那些討人厭的喧鬧聲，也似乎都在等待著平安夜的光輝降臨。

「唉……」

約瑟夫在那被稱為書房的雜用房間書桌上撐著臉頰，嘆了口氣。

「這件事情能不能在聖誕節之前解決啊？總覺得看起來很單純，又有些地方讓人很在意……」

「唉……」

距離約瑟夫書桌約五十呎左右的廚房大桌旁，戈什和李雙手拄在桌上嘆著氣。

兩個人面對面坐著，但就算看著彼此的臉龐也是無趣，因此兩人紛紛朝向不同的方向。

「真希望能在節禮日之前解決這件事情啊。」

他們心中想的是一樣的事情。

「真的是那麼麻煩的事情嗎？」

女僕安妮可是一點兒也不客氣。但反過來說，這也表示她對戈什和李的能力評價相當高。

李和戈什稍微動了動身體。

「不，與其說是困難……」

「應該說是意外的麻煩。明明事件就這麼一條線，卻糾結在一起……」

「到處都有矛盾……」

「真讓人不爽。」

最後一句兩人異口同聲。

安妮對著兩人的臉左看看右看看，然後開口道：

「話說回來，能幫幫我嗎？」

「什麼事？」

「可以幫我把地下室的木箱搬開嗎？」

安妮為了要捐贈東西給孤兒院，因此到地下室去找有沒有老舊的冬季毛毯。但是走到可能放著那東西的衣櫥前，卻發現那裡有個巨大而沉重的木箱，衣櫃門根本打不開。

「上面的標籤很髒、根本看不出來寫了什麼，好像是從新加坡寄來的。你們有沒有印象啊？」

「有那種東西喔？」

「隨便啦，反正就去搬一下那個木箱吧。」

三個人一起走向了地下室。因為地下室沒有光線，於是拿了提燈下去。而此時約瑟夫仍在書桌前支著臉頰，直到十分鐘後被狂暴敲門的聲音給嚇醒。他跳了起來，打開門怒吼著。

「搞什麼啊你們！打擾雇主睡眠的傢伙就算是被炒魷魚也不……」

「您看看這個！這是上一代主人行李當中的東西。」

約瑟夫雖然想擺出主人的氣魄還是失敗了，看向戈什手中攤開的手帕。

約瑟夫用指尖沾了點手帕裡包的灰白色粉末，然後將指尖靠進嘴邊的同時，隨從們的反應大大出乎他的意料之外。印度人驚聲尖叫，中國人則一語不發地猛然拉開主人的手。

「幹、幹嘛啦！」

兩位東方人隨從用相當嚴厲的眼神瞪著一臉錯愕的雇主。約瑟夫忍不住縮了縮身子，也忘了要斥責隨從們如此無禮。

「幹嘛啦……」

只好小小聲的詢問了。

「約瑟夫爵士！請不要輕率地行動！」

「您知道這樣有多危險嗎！」

感覺自己被當成小孩子，約瑟夫也忍不住鼓起臉頰。

「好啦我知道很危險了啦！看你們的表情和行動就知道了啦！這個粉末大概是鴉片之類的吧。我只是想確認一下，所以才想舔看看嘛。」

主從三人一如往常一起調整好呼吸。

「這粉末原本是鴉片。」

戈什將手帕包起來以後說著。

「原本是？所以現在不是了嗎？」

李接著說明。

「對，這已經不是鴉片了，經過精煉成了嗎啡。」

「嗎啡？」

「而且是最糟糕的那種。」

嗎啡在其他語言中有許多別名，基本上是鴉片中含有的一種生物鹼，是藥劑同時也是麻醉劑。以藥品來說，有著非常優秀的止痛效果，但是成癮性和中毒性極強，濫用會非常危險。

而現場這三人與鴉片都有著相當複雜的關係。英國在殖民地印度生產大量的鴉片，賣到中國去，隨著高額的獲利，也造成幾千萬的鴉片中毒患者。

他們一起下樓去看那個衣櫃。

安妮將提燈擺在一旁，整理起衣櫥，因此約瑟夫、李和戈什又上樓去。將手帕擺在書房的桌上再次攤開後，三個人一起探頭打量這個東西。

「約瑟夫爵士，請您不要打噴嚏喔，會發生慘劇的。」

「你們才要小心呢。搞什麼，為什麼我家會有這種東西啊？」

「所以說，是在上一代主人的行李裡面啊。」

「你們也不知道有這種東西嗎？」

「與其說是不知道，不如說是也忘了……實在相當抱歉，這麼危險的東西。」

兩名隨從同時道著歉。

「如果持續使用這種麻藥，皮膚會角質化、變色成綠色然後裂開。不單純只是皺紋，而是龜裂開來。」

「變成像是鱷魚那樣？」

「沒錯。所以才說是『尼羅的王者』，鱷魚中的國王。」

「真是給鱷魚添麻煩。白人黑人都一樣嗎？」

「全身都變成那樣的話就沒差了，就這方面來看也算是公平或者說平等吧。」

戈什苦笑著。李也笑了，但笑得更加刻薄。

「要是所有人類都成了這東西的中毒者，那這個世界上就只有綠色人種了呢。」

「真是噁心的感覺。噢，對了，這麼多『尼羅的王者』，價格大概是多少啊？」

「真不愧是約瑟夫爵士，著眼點實在精妙。」

「不要奉承我。」

「這並不是奉承，這種東西裝滿30英吋×20英吋×20英吋大的木箱呢。」

「這個嘛，如果這個木箱裡全都是『尼羅的王者』，那麼零售價格大概是一百萬英鎊左右吧。」

「我覺得應該接近兩百萬英鎊。」

雖然是非常龐大的金額，但遺憾的是約瑟夫完全不覺得這是現實。

「要把五六百名武裝的恐怖份子送進國會裡就簡單了呢。」

「誠如您所說的。」

「話說回來，這簡直太荒謬了。像我這樣的好人連零用錢都很難拿到了，真不知道是哪裡的哪個傢伙，居然有這種東西。」

「善良比金錢更尊貴呀，約瑟夫爵士。」

「我已經夠尊貴了，要這東西的是肯特那傢伙嗎？」

「既然都願意付訂金兩百五十英鎊了，其實直說要買也行啊。」

約瑟夫輕輕拍手。

「是因為那個吧，如果事情公開了會很糟糕，直接談生意也怕價格會被提高。」

「看來您是很想提高呢。」

李雙手抱胸。戈什說：

「對方是相當惡劣的傢伙，而且還有不怕死的手下，會演變成豁出性命的生意喔，也不能向警察求助，而且……」

「而且怎樣？」

「而且，說起來約瑟夫爵士，您根本沒辦法做出那種惡劣行為。」

「沒錯沒錯，畢竟您是正義的一方啊。」

「別說了，我會想還給人家。」

接下來又談了幾句，只能得出結論是不可能單純轉賣。

「如果成為完全中毒者，身體會擁有好幾倍的力量、也不會感受到疼痛。具備這兩者，您覺得會如何？」

約瑟夫想了想，倒抽一口氣。

「……士兵嗎!?」

「YES，可以打造出戰鬥到死的士兵集團，也就是軍隊。」

「那些傢伙的目的，大概就是這個吧。」

約瑟夫搔了搔頭。

「但是老爸應該不會有這麼嚇人的麻藥吧。雖然他是個怪人、也很詭異、是個總給別人添麻煩的老頭，但應該不會脫離常人的道德軌道才是。」

「問題是，您父親擁有這個東西——敵人是這麼想的。」

II

「所以就來硬搶嗎？但他們的做法還真是粗暴又雜亂呢。」

「確實是。」

「話說回來……」

約瑟夫的語氣稍微變化了些。

「那名貴婦究竟是什麼人呢？」

「哪名貴婦？」

雖然可以推測得出來，但戈什還是刻意帶了點邪惡的語氣問道。

「在肯特宅子看見的那名女性呀，那可是巴黎風格的超級大美女呢。」

「我總覺得您似乎先前也問過關於她的事情。」

「才沒有，我根本沒跟她說到話呀。」

「那是和肯特家有關的人，肯定也不是什麼好東西。」

李冷淡地斷言。

「又沒跟她說到話，不要擅自那樣認定！」

為了自己的感情和女性的名譽，約瑟夫態度稍微強硬了點。

「說起來你們根本有偏見吧，老是覺得美人就是惡女，這種習慣可不好，要改掉。」

「我並沒有擅自那樣認定……」

李用手指點著臉頰。

「唔，就像是現在流行的什麼汽車那樣，需要類似剎車的東西，所以我才這麼說的。」

「根本都還沒踩下油門，擔什麼剎車的心啊。名為理性的剎車我可是好好帶著呢。」

「我只能向老天爺祈禱您對自己的評價是正確的。那麼，接下來該怎麼辦呢？」

約瑟夫思考了一秒半。

「就算從肯特那裡下手，也是動彈不得。那傢伙的宅子裡，為何會有那種好像上賓一樣的奇怪傢伙啊？」

「而且您第一次見面就和對方起了衝突呢。」

「李，你覺得要是為了方便，我們該跟那種傢伙套交情嗎？」

「完全不這麼認為。」

「那傢伙搞不好是開膛手傑克呢，不知為何我有這種感覺。」

約瑟夫的跳躍思考把李和戈什弄得一愣。

「開膛手傑克嗎？」

「也是，畢竟他又沒被抓，怎麼說都行呢。」

事件已經過了十七年，開膛手傑克依然下落不明。「還活著的話應該六十歲了吧。」

「沒有償還自己的罪孽，在某處悠哉過活的傢伙。」「也有人說他去了美國。」「聽說是精神恢復正常結果自殺了。」「反正警察的確是搜查失敗。」

以英國人來說，如此喜歡幽靈、怪談、獵奇犯罪的國民也是相當少見的，甚至讓人認為他的內心是否對於「開膛手傑克」引以為傲了。

「年齡方面如何呢？那已經是十七年前的事件了呢。」

「完全不曉得那傢伙的年齡啊，硬要說的話大概三十歲左右吧。」

「那就不是傑克啦。」

「有可能是吸血鬼也說不定。」

「但是約瑟夫爵士，吸血鬼無法在白天行動吧？」

「德古拉的確是那樣，但能夠在白天行動的吸血鬼可多了呢。」

「喔？是嗎？」

「俄羅斯的烏普利、波蘭的烏普爾、保加利亞的普魯泰尼克都是，像普魯泰尼克還能結婚生子呢。」

如果是對於人生毫無幫助的事情，約瑟夫倒算是學識淵博。

此時女僕安妮現身，告知有來客。

「是警察廳的艾伯特警官。」

「怎麼，他有什麼消息了嗎？」

約瑟夫滿心期待，但很遺憾並非如此。相反的，總督察是來報告目前沒有任何搜查成果的。約瑟夫表情不悅地對著辯解他們竭盡全力的警官，這時安妮又露臉了。

「約瑟夫爵士，有客人。」

「又來了，哪來那麼多客人。」

約瑟夫不悅的心情在聽見下一句話後煙消雲散。

「是位美麗的貴婦人。」

「帶她到吸菸室……不，還是到接待室好了。」

由於姑母大人，也就是約瑟芬女爵會硬是自己跑來……不，是來拜訪，所以接待室並沒有封起來。另外也還留著一間比較小的客用寢室。約瑟夫小氣地想，要是能夠關上，就可以降低維護費啦！

「她似乎是從肯特先生的宅子過來的。」

「咦，所以就是那名女性囉？……來幹嘛的呢。」

嘴裡說著懷疑對方的話語，約瑟夫的腳步卻動得相當快。東方人們睜睜看著他的背影。

「戈什，你怎麼想？」

「唔，雖然明白結果，問題還是過程呢。」

對中國人和印度人來說，約瑟夫在看到美女的瞬間就會變成被邱比特之箭射中心房的狀態，已經習以為常了。畢竟這是個離男女平等還很遙遠的時代，因此李和戈什也非常努力地說服著自己：

「對美女一見鍾情，至少比喜歡上醜女好啦！」

美人相當優雅地向這家的年輕主人打招呼。

「我叫做潔拉爾汀．馬古斯。」

「您就連名字都是如此美麗，讓此處蓬蓽生輝。」

約瑟夫開始發揮起平凡戀愛詩人的功力。

「家兄多有失禮，似乎給您添了不少麻煩……」

「噢，您是他的妹妹嗎？」

約瑟夫內心雖然吹了個美式口哨，卻也感到有些遺憾。那個令人不悅的男人，居然有如此美麗的妹妹，上天也實在太不公平了吧。

「但是家兄感到後悔不已，說務必想向您道個歉，因此希望能夠立刻邀請您過去，我便來一趟了。」

「真、真是太客氣了……」

要再見到那個令人不愉快的傢伙，感情上當然是抗拒的，不過對於這一連串事情來說，這可是絕佳的機會。只要帶著李和戈什去，應該就不會有危險吧。不過如此一來就只剩安妮一個人留在家裡。要不要留下李或戈什其中一個人呢？

如此思考的同時，約瑟夫回到吸菸室去，告知大家潔拉爾汀・馬古斯的來意。有個人比李和戈什都還早開口。

「不然這樣如何呢？」

是艾伯特警官。他將吸到一半的香菸捻平在菸灰缸上。

「讓我留在這房子裡幫忙看家吧。不過我沒辦法一整天都待在這裡，下午三點以後會請兩三名制服警官來換班，這樣如何呢？」

「噢，這樣的話當然再好不過，但是……」

約瑟夫有些困惑。

「警局那邊沒問題嗎？」

「警察廳有幾百名警官呢，要是有可疑人士入侵，我也想親手逮捕他啊。」

事情就這麼決定了。安妮聽聞此事，問了個現實的事情：

「警察們的晚餐要如何處理呢？要做成下午茶風格嗎？還是簡單點附火腿和奶油的麵包……」

「不不，我會讓他們自己帶三明治的，怎麼好麻煩女僕小姐呢。」

「您做到這種程度好嗎？」

「沒問題的，約瑟夫爵士，警官先生都這樣說了。那麼我就提供茶和咖啡吧。不過請你們不要在家裡走來走去喔。」

安妮回過身往廚房走去。艾伯特警官相當感動地目送年輕女僕的背影。

「還真是做事相當牢靠的女僕呢。」

「話雖如此，她畢竟是未成年的女性，不能讓她晚上一個人在家。警察人員的安排再麻煩您了。」

雖然打算在天黑前回來，但保險起見還是交代一下。即使安妮是個勇敢的女孩，但若是有許多強悍的男人入侵，抵抗也是沒有用的。就算安妮努力揮舞切肉刀和裝了熱水的水壺，恐怕也不能確保她平安無事。

以前也曾經考慮教安妮用獵槍的方法，但戈什和李說「這樣反而更危險」而大為反對，安妮自己也說不需要，所以就沒教了。

由於潔拉爾汀說汽車就在外面等著，因此約瑟夫戴上絲絨帽向隨從們說：

「你們不用勉強跟來。」

「安妮一個人很危險，不過既然艾伯特警官在的話，就能放心了。」

「這樣啊，那我們就走吧。」

III

潔拉爾汀和約瑟夫進了汽車後座，隸屬僕人階級的戈什和李則抓著車體後方，站上保險桿、抓住車頂上的把手。車子一開動，東方人們便立即要對抗冬風帶來的凜冽寒氣。為了抵擋寒意，兩人豎起領子談起話來。

「所謂『Magus』好像原先是指瑣羅亞斯德教的祭司。」

「啊？這次的事情和瑣羅亞斯德教有關係嗎？波耳人應該是屬於荷蘭歸正教會吧？」

「『Magus』是單數，複數好像叫『Magi』的樣子。」

「總覺得好像哪裡聽過。」

「就是『東方三博士』或『東方三賢者』。」

李彈了彈手指，不過他戴著厚手套，因此沒有聲音。

「馬古斯是假名呢。」

「應該是，這樣一來潔拉爾汀應該也有問題。」

「這麼說來，以ｍａｇｉ開頭的英文單字，幾乎全部都跟魔法有關係呢。」

「魔術和魔術師都是。」

每當車子轉過一個街角，兩人就得緊緊抓住車體。

「這樣一來，是那些人在背地裡引發波耳戰爭嗎？」

「應該不至於，大概只是他們自己說的。傲慢的人總會認為自己是特別的。」

「和我們這種人比起來，的確是比較有力啦。不過他們的力量有一半以上都是從祖先那裡繼承來的。」

「權力和財力之類的……但這種事情先放一邊，雖然我不知道是馬古斯還是魔奇，不過想要地下室裡『尼羅的王者』的就是……」

「想來應該就是他了。那麼在肯特宅子裡那個馬古斯，接下來會如何行動呢？」

約瑟夫在車內轉過頭看著隨從們，似乎相當擔心兩人忍受不了這樣的寒風。這位主人雖然相當不中用，心靈錢包中卻塞滿了金幣。兩個人擠出笑容，試圖讓年輕主人安心些。

「馬古斯不是單純的魔術師，似乎只有神秘隱藏在背後的世界支配者，才能有這樣的稱呼。」

「還真是偉大哪。」
李連忙壓下要打噴嚏的衝動。
「應該是很常見的那種宗教團體之類的妄想吧？那種人會在背地裡操控人類社會，像是神智學協會、共濟會，還是什麼光亮……啊不對，光明會。」
「你還真清楚啊。」
「要來討論神祕學嗎？」
「有機會再說吧。很遺憾大概沒辦法贏過約瑟夫爵士呢。」
一到肯特家，約瑟夫便從停住的汽車上下來，車子載著潔拉爾汀往車庫的方向奔馳。
「一起走到玄關吧。你們好像在聊些很有趣的事情？」
「很冷喔。」
「沒關係，稍微運動一下。」
接下來他們提出第三種推論。
「或許肯特有多重人格？」
「多重人格？」
「對耶，這樣就可以清楚說明狀況了。一個人潛藏了好幾個人格，會輪流出現。」
「人格轉變的時候，容貌也會轉變？」
「《變身怪醫》裡面是這麼寫的。」

「那是小說。」

「是名著！」

「我不否認是名著啦……」

「好了啦，回家以後再來好好討論文學吧。」

正當李和戈什忍不住仰望灰色的天空之時，有人在呼喊約瑟夫。大約在一百碼右前方，宅邸的主人穿著外套站在那裡。

「有人出來接我了，我先過去。」

話才說完，約瑟夫便在還留有積雪的草皮上跑了過去。

戈什大大吐出白霧。

「我們家主人還真是匆匆忙忙的人呢。」

「他的性格就那樣。話說回來，敵人的行動實在很矛盾又不合理……」

「馬古斯的複數是魔奇——而在魔奇裡面，馬古斯之間也有對立和意見相左的情況吧。」

「就連大英帝國的議會，也有執政黨和在野黨之分呢。」

突然發出的一聲慘叫，把東方人們嚇了一大跳，連忙立定環顧四周。沒看見，完全沒看見他們的年輕主人在哪裡。只見那站在雪上的肯特，背著雙手往下看著什麼。

「約瑟夫爵士！」

兩名東方人在積雪與泥巴上狂奔，不到五秒就從兩邊包圍住肯特。

「你把約瑟夫爵士怎麼了！」

戈什和李完全沒有考量措詞的閒工夫，面無表情地接近肯特。

「你們重要的雇主在地面下喔。哎喲，我也差了一步就遭殃啦。」

肯特指著他腳邊的草地。李走向肯特，而戈什則朝著被草蓋起來的坑洞前進，那瞬間，肯特的臉上浮現出低級惡魔才有的笑容，動了動右手。

東方人們一不留神就中了相當初級的陷阱。叮的一聲，一條繩子猛然拉起，東方人們腳下一絆，都跌了跤。

十秒後，三名主從和睦地在深度約有十英尺的洞穴底部苦哈哈地望著彼此。洞穴底部積了大約兩英尺深的水，是白色混濁的液體，顯然不是普通的水。因為已經有一半結冰了，所以三人的身體並未浸得太濕，但也好不到哪裡去。

「哎呀，抱歉抱歉，那裡是泡鹼的儲藏處呢。」

「泡鹼？」

「不過是種鹼性的化合物而已。」

肯特一臉愉悅地說明以後，歪了歪頭。

「不對，說不過是好像有點不正確呢。這可是古埃及人在製作木乃伊時拿來當乾燥劑使用、相當有來頭的物質。三千年的歷史包裹著你們呢。」

「這就是你對待客人的態度嗎？」

「實在非常抱歉，是意想不到的意外呀。」

「你打算把我們活生生做成木乃伊嗎？」

「那樣也挺有趣的，不過製作木乃伊需要非常精細的技術呢。你們大概只能變成普通的石灰吧，真是遺憾。」

「你這個隨口說大話的傢伙！誰管你是有心還是無意啊，還不快把我們拉上去！」

「別著急嘛，要是成功變成木乃伊的話，我就送給大英博物館吧。失敗了成為普通的石灰屍體的話，就沒辦法了，或許只能賣給杜莎蠟像館了吧。」

「你打算把石灰化的屍體當成蠟像賣掉？這是詐欺耶！」

「約瑟夫爵士，您的重點劃錯地方了吧。」

戈什安撫著主人，李則一語不發地屈膝，就在他正要一口氣跳上去的前一秒。

「唔啊啊啊……！」

伴隨絲毫沒有音樂美感的慘叫聲，一個龐大的影子在約瑟夫等人面前落下來了。戈什連忙將他擋在身後，自己卻澆了一頭石灰飛沫，全身變成斑斑點點的模樣。

李一把揪住掙扎著起身的肯特的衣領，將他提了起來，一頭按進泡鹼池中。就這樣維持了五秒才把他拉起來，讓他吸了口氣，又再度把他的頭壓進去。肯特徒勞地揮舞手腳。此時頭頂傳來另一道聲音。

IV

約瑟夫等人立刻了解是那名被稱為「馬古斯」的男人。

「約瑟夫爵士，你的心情如何啊？」

「再糟糕不過。」

「哦哦，那真令人難過。」

「我不需要你的同情。現在最糟糕，表示接下來只可能會更好。」

「噢，真是積極呢。東方會這樣思考嗎？那位中國人。」

「不知道，東方很寬廣。」

「的確如此，光是中國就比歐洲還要大，但還有印度、波斯和日本呢。」

「別聊了，你還是先把我們拉上去吧。」

「實在抱歉，請稍等我一下。」

上頭丟下來一條長繩，約有拇指那麼粗。李拉了兩三次確認繩子的強度。

「一個個輪流上來吧。肯特，你得反省一下，就繼續待在那裡。」

肯特靠在坑洞的牆壁上，渾身沾滿泡鹼。約瑟夫、李和戈什也不理會他，依序出到坑洞外。

「你還真令人感興趣，我想再和你多聊聊呢。」

——我覺得昨天聊得夠多了。

約瑟夫沒有把這句話說出口。

「謝謝您的招待。」

他刻意在句子裡加重了抱怨和鄭重的語氣。先前與對方做出一點也不紳士的爭論，約瑟夫多少還是反省了一下。

「哎呀呀，我得為失禮道個歉。三位都請進到屋子裡，我讓他們準備毛巾和熱咖啡。」

「請加多一點白蘭地。」

約瑟夫提出要求以後，又問了個問題。

「說到底你和肯特先生究竟是什麼關係？」

「是主僕。」

「那位肯特先生，有些令人感到狐疑的地方……」

「井裡面有什麼嗎？」

「不，不是的。是這個。」

約瑟夫將右手往後方一伸，李便將照片放在他的手上。

「這張照片怎麼了？」

「和肯特先生的長相不同。」

馬古斯興趣缺缺地接下約瑟夫硬塞給他的照片，像是義務一般地落下視線。
「真是個窮酸樣子的男人。」
他用食指和中指夾著照片。
「然後呢？」
「這和如今的肯特先生，完全是不同人吧！」
馬古斯漫不經心地彈掉照片，約瑟夫慌忙接下。
「是同一個人。」
「這種荒唐的……啊不，抱歉，所以是哪裡一樣了？不管是眼睛鼻子嘴巴，怎麼看都是不同的人呀。」
「哎，沒有一開始就告訴你們，是我的錯。肯特會根據情況變換他的臉龐和體型的。」
「簡直是變色龍。」
「變色龍只會改變顏色呢。喂，你真的是劍橋大學畢業的嗎？沒有謊稱你的學歷吧？」
「請不要說這麼失禮的話，我的確有拿到畢業證書，需要拿給你看嗎？」
「不要浪費時間在那種無聊事情上。好啦大門到了，進來吧。」
大概從這時候起，雙方的言詞都開始變得有些粗暴了。老式英國的晨禮，或許還是得要雙方都真心誠意才能辦到吧。

約瑟夫站在大門口，驀然思考了起來。

大英帝國目前站在人類世界的巔峰，也就是說，之後就只能從山坡上滾下去了。差別只在於這段路是又短又急、還是長而平緩罷了。古羅馬帝國是如此，大蒙古帝國亦滅亡了，沒有任何國家或家門可以永久存在。

這是約瑟夫的父親生前說過的話。如今德國、美國等國不管在經濟上或者軍事上都超越了英國，約瑟夫也只能點頭稱是。不過這樣一來，他就得要在這個從榮耀中往山坡下滑落的餘暉時代活下去。

「這座宅子不知能維持到何時呢。」

三四位面無表情的僕人現身，用厚重的浴巾擦拭著約瑟夫、李和戈什的身體。陣陣乾燥的溫暖風吹來，他們不禁覺得自己復活了。這是所謂的中央空調暖氣嗎？或許將來的時代也不會使用鍋爐和暖爐那些東西了。

吸菸室相當寬敞，占地二十英呎平方，此處的家飾一概統一成最新型的愛德華時代樣式。此刻他們要求的，那添加大量白蘭地的咖啡也拿來了。潔拉爾汀沒有現身。

「噢，窈窕淑女已不復存在了嗎？」

「請您拋棄十九世紀的幻想，畢竟進入二十世紀都已經五年了。」

「沒錯，二十世紀是像安妮那種女性的時代。」

「那樣也是……」

約瑟夫說著啜飲起咖啡，因此李和戈什沒聽清楚他後面說了什麼。究竟是「很棒」

抑或「很恐怖」呢？

馬古斯進來看見李和戈什，便指著門說道：

「你們在等候室等著。我有事情要和約瑟夫爵士談。」

戈什和李即刻起身。以身分上來說，光是能夠在吸菸室喝到咖啡，就已經是相當不得了的事情。

「殖民地的人就應該要留在自己該待的地方。」

「失禮了，先生，但中國是獨立國家。」

「哼，只有表面上是啦。」

李遭受冷嘲熱諷，一臉惶恐地低下了頭，只是為了掩蓋自己的表情。

馬古斯或許是心起施虐之情，又多說了兩句不該說的。

「中國人，你可要好好感謝列強啊。是因為我們英國和美國、德國、法國各國勢力均衡，你們才沒變成其中一個國家的殖民地。」

「請你別再多說了吧，他們可是我重要的隨從。」

戈什拉著李的手，行了一個大禮，一起走出那扇門。馬古斯在一旁的搖椅上坐穩，也示意約瑟夫坐下。

「約瑟夫爵士，你還真是個怪人呢。特地讓那種落後國家的劣等人種當你的隨從……」

「他們並非劣等人種，你是優生學思想的教徒嗎？」

優生學思想，這恐怕是人類催生出的思想中最糟糕的一種，在一九〇五年當時席捲了歐美各國。概念原先是在一八八三年就有人提倡的內容，分析一下大約是這樣的。

一、人類分為一出生就很優秀的人，以及並非如此之人。

二、人類應該由優秀之人進行指導，而優秀之人無論如何對待非優秀者都沒問題。

三、不優秀的人沒有生小孩的資格。不優秀的人不可以把自己的遺傳基因流傳到後世。

四、不優秀之人沒有生存資格。

五、不優秀的民族，沒有獨立打造國家的資格。

也就是公開認可大家歧視不同人種、民族、性別、身心障礙者等。

「根本不用提什麼優生學思想，我只是在講述事實，就像塞西爾．羅茲一樣。」

「你尊敬那種傢伙？」

「塞西爾．羅茲可是將遺產六百萬英鎊捐贈給了牛津大學呢。」

「真了不起，可惜我是劍橋畢業生，完全沒有領受到恩澤呢。」

這時就算是戈什和李在場，想必也不會插嘴說什麼「雖然五年才畢業」之類的話了吧。

「話說回來，是否該進入正題了？」

「正題是什麼？」

「你應該知道吧，就是『尼羅的王者』呀。出多少錢你肯賣？」

「我聽不懂你在說什麼。」

「想撇清關係也講個好一點的藉口吧。」

「要打造中毒者軍隊嗎？」

「看吧，你這不是一清二楚嘛！」

馬古斯冷笑著。

「要從南非秘密出兵。」

「這麼說來，目標是德國領地囉？」

「沒錯，只要占據了德國領地部分的東非，那麼非洲大陸就從北邊的開羅到南邊的開普敦都是完整的大英帝國領地。塞西爾・羅茲在九泉之下也會喜極而泣的。」

「你打算和德國開戰嗎？」

「現在就擊潰他們，也是為了英國好。當然，如果在查德那一帶和法國打起來也行，要找俄羅斯麻煩的話，應該是阿富汗那裡吧。」

「要是輸了怎麼辦？」

「和勝利的一方合作就行了。」

約瑟夫調整著自己的呼吸。

「你是波耳人嗎？」

「好問題，事實的確相當諷刺。我的父親是波耳人、母親是英國人，雙方都是優秀的民族，相處非常愉快。」

馬古斯雖然笑著，卻又馬上變了個表情。

「你應該也贊成吧？畢竟這能讓祖國支配整個非洲由北到南呢。」

「大英帝國應該要在社會正義與人道認可之下，站在世界的頂點。」

對於約瑟夫的話語，馬古斯不禁鼓起掌來。

不是贊賞和同意的那種，而是嘲笑與憐憫。

「那麼，你是不打算賣『尼羅的王者』囉？」

「就算給我一億英鎊也不會賣的！」

「東方人隨從們啊，我真同情你們。要侍奉如此幼稚、單純又滿懷正義的主人，可辛苦呢。」

馬古斯對著不在場的李和戈什說了這番話後，雙手手指交錯在一起。

「這可是最後的機會了，不明世事的少爺。我出十萬英鎊，這樣我們可以免去不必要的糾紛。」

「這是我最後一次回答，我不要！」

房裡彷彿火花四濺。

「我所尊敬的英國人，是那些反對鴉片戰爭的議員們、還有批評波耳戰爭的人們。」

「噢，自由黨左派那些傢伙嗎?還是更加危險的激進派?」

「危險的是你吧。」

約瑟夫在出口反駁的同時，腦中一閃而過安妮的面容。那名少女，應該是激進派。

「哎，我明白你是什麼樣的人了。」

「真的嗎?」

「當然是真的，我非常明白，你的確是不值得我說服的人類。」

「明白得太慢了吧，這樣你好意思說自己是優等人種?」

馬古斯沒有回答約瑟夫，而是將手伸向了桌上的呼叫鈴。

一扇門打開了，灰綠色的團塊踩著混亂的腳步聲踏了進來，每一個眼中都綻放出紅色光芒。他們失去理性和自我的樣子，讓人看了覺得就像是機器人。不過卡雷爾・恰佩克在一九二〇年才寫出《人造人》，因此這時候還沒有機器人這個名詞。

「『尼羅的王者』中毒性極高，這些人到死都是我的奴隸。」

馬古斯發出了壓抑的低笑。約瑟夫因為憤怒和厭惡感而怒氣衝天。

「說什麼白人多高貴，結果還讓白人染上毒癮，又說什麼他們是奴隸，你這不是很矛盾嗎？」

馬古斯冷笑幾聲。

「噢，這正是悲劇啊，約瑟夫爵士。白人並非所有人都是高貴的，連東區的破房子都住不起，只能乞討或賣春過活，酗琴酒之後在派出所過夜。這種人當然應該要淘汰掉。這樣一來，白人自己也會更加優秀。」

約瑟夫一語不發地站起身。

「好啦，可愛的女僕小姐。」

艾伯特警官的聲音帶有奇妙的波長。喝咖啡應該不會醉吧？安妮一邊想著這種諷刺的事情，一邊望向警官。

原本安妮就不太信任警察，因為她非常明白，不管是愛爾蘭獨立運動、婦女參政運動還是勞動者遊行集會，警察都會去鎮壓。

「警官先生，有什麼事呢？」

「我有很多事情想問妳呢。」

「噢，如果您想問的是塞滿毒品的木箱，那東西就放在地下室。您要去看看嗎？」

艾伯特警官的臉上做起了只有眼睛和嘴角的抽搐運動。在提問以前就得到解答，而且還正中紅心。

「不，我不是要問那個。」

艾伯特的自制力努力運作。

「妳從什麼時候開始在費茲西蒙斯家工作的啊？」

「這是盤問嗎？」

「不，只是想拉近關係罷了。妳不必這麼咄咄逼人吧，妳人長得這麼可愛的說。」

「您不用說這些刻意奉承的話，我會回答您的。是四年前。」

「四年前啊？」

艾伯特警官毫無意義地嘟囔著。

「義務教育結束以後，我去電話公司當了一年的接線生，但是因為被上司摸了好幾次胸部和屁股，我一巴掌把他打飛了。我在路上啪搭亂走，想著明明好不容易才來到倫敦的，就被前一代費茲西蒙斯爵士撿回家了。」

「妳還真不適合『啪搭亂走』這種形容詞呢，那麼那些東方人，也是在他們的故鄉被撿回來的嗎？」

「您也想跟戈什和李拉關係嗎？」

「哎呀，也沒有互相仇視的必要。不過這畢竟是別人的事，如果妳覺得不能說的話，也沒關係啦……反正應該也是被前一代撿回來的？」

安妮將水壺放到鍋爐上，在粗糙的木椅子坐下。但為了應付任何突如其來的狀況，她只淺淺靠在椅子邊緣。

「李是倫敦本地人喔。戈什來自新加坡，我是愛爾蘭人，而且還是南部出身的鄉下人。」

「喔？」

艾伯特警官摸著剃得無比乾淨的下巴。

「他們兩位都是孩提時代就被前代爵士發掘，似乎有意教他們學問和格鬥技等，讓他們做些探險和調查旅行之類的助手，還有監護他的繼承人約瑟夫爵士。」

「監護？印度人和中國人嗎？」

「不行嗎？」

「也不是不行啦……」

艾伯特警官清了清喉嚨。

「妳這不是蠻能聊的嘛。我一開始還以為妳什麼都不願意跟我說……是心境變化嗎？」

安妮看一眼鍋爐上的水壺，又將視線轉回艾伯特警官身上。

「因為我想說，談話的時候你應該不會動手殺我吧。」

艾伯特警官淡淡的笑容瞬間消失，大概兩秒後才恢復。

「喂喂，這真是個糟糕的笑話。居然還說什麼我會殺死妳。」

「是啊，作為笑話的確很糟。不過這要是事實，就沒有什麼好不好的問題了。」

安妮宛如海德公園裡的松鼠一樣迅速，右手抓起了水壺的提把。

「雖然我沒有李和戈什學得那麼久，但上一代還是教了我不少喔。請你好好思考後再行動！」

艾伯特警官猛然停下正往上衣內口袋伸去的右手。

「英國的警察平常應該沒有帶槍吧?你打算拿什麼出來呢?」

「拿我不應該帶著的東西啊。真是的，妳這個讓人費勁的小姑娘，但我勸妳最好不要做多餘的抵抗。」

艾伯特警官丟下假好人的面具，緩緩站起身來。

第 6 章

メリークリスマス？

聖誕快樂？

I

一陣風在約瑟夫離開房間前吹了進來。等候間對面的另一個房門打開了，潔拉爾汀優雅的身影出現。馬古斯皺起了眉。

「潔拉爾汀，妳有什麼事？」

「我有事情要跟你說啊，范．多倫。」

「妳也看到了，我現在有客人。」

「我當然知道啊，是我帶他來的。我就在客人面前讓你好好丟丟臉吧。」

約瑟夫沉默地看著兩人應對。范．多倫想來應該是馬古斯的本名吧。

「聽他們說什麼『魔奇中的馬古斯』我受夠了，那樣的話，我乾脆說我是『大魔法師女王』好了？」

「妳裝什麼了不起，我聽了才受不了呢。」

「總比你到現在都還拿不到『尼羅的王者』來得好多了！居然被卑鄙的東方人打倒，你要不要臉啊！你哪有自稱魔法師的資格。」

那被稱為范．多倫的男人漲紅了臉。約瑟夫總算覺得這個男人還是有那麼一丁點人類的感覺。儘管如此，他仍舊沒辦法對他產生好感。

「這次的事情沒辦法交給你，我來指揮，你這沒用的傢伙退下吧。」

「我哪裡沒用了，妳倒是說來聽聽啊！」

「我隨便都可以數一籮筐給你聽啊。首先，你居然給費茲西蒙斯家這種不明世事的小少爺兩百五十英磅訂金，你到底是怎麼想的!?要浪費魔奇的活動資金也該節制點吧。」

「又不是什麼下流階級的人，幹嘛那麼小氣。不過就是兩百五十英鎊那麼點小錢，只是要讓那黃毛小子掉以輕心罷了。」

「黃毛小子」依然一語不發。

「讓他掉以輕心?根本只是讓他起了疑心吧?要是這樣就能拿到『尼羅的王者』就算了，拿不到的話你打算怎麼負責?」

當著約瑟夫的面叫他「黃毛小子」，看來馬古斯是已經完全放棄要裝成一個紳士的樣子了。

「沒有必要負責，今天天還亮著，事情就能解決了。」

話都說完了，他才回過神來似的看向「黃毛小子」兼客人。

「約瑟夫·費茲西蒙斯爵士。」

「幹嘛?」

約瑟夫也把紳士的遣詞用字丟到英法海峽的另一頭去。

「你覺得我是壞人嗎?」

「我不這麼認為。」

「喔？」

「所謂的壞人，應該要更有魅力。」

「……」

「你比披著大猩猩皮的三流演員還要沒有魅力呢。在這個社會上生存也沒有意義，還是趕快進監牢吧。」

馬古斯在搖椅上換了條腿翹，略感愉快地再次看向約瑟夫。

「你也變得挺會說話了嘛。這就是所謂的成長期嗎？我倒要看看那些東方人不在，你能說多少大話呢？真令人愉快。這個女人我就晚點再處理吧。」

雖然並非在模仿約瑟夫，不過這次換潔拉爾汀一語不發。

「肯特呢？」

「我說過啦，那種男人不是馬古斯，不過是個奴隸。」

「他可是為了你弄髒自己的雙手吧？你這麼說也太冷漠了。」

「僕人為了主人奉獻不是理所當然嘛。約瑟夫．費茲西蒙斯，我一和你說話就煩得不得了哪，你能有點常識嗎？」

「你才沒資格說我。」

「這樣啊，那這是我們第一次意見相同呢。」

狀況驟然生變。

那自稱馬古斯的男人突然一躍起身，右手腕翻轉，堅硬的拳頭迅速往約瑟夫的左眼招呼。約瑟夫猛然轉動上半身，讓這強而有力的一擊揮空，他伸出右腳踢向對方的左膝。馬古斯下意識用雙手抓住約瑟夫的領子，勒住他的脖子。兩個人一起倒在波斯地毯上。

「開膛手傑克事件當中，東邊的白教堂地區有五個女人被殺。」

「我知道！」

「所有人都是最下層的妓女。」

「你想說什麼？」

潔拉爾汀打開了自己進來的那扇房門，約瑟夫眼角的餘光瞥見她的身姿。

「這些女人就算活著，能為這個世界做些什麼？你覺得她們對國家和社會有貢獻嗎？才沒有，只會在救濟院或者路邊自生自滅罷了。」

約瑟夫一邊與對方纏鬥，一邊反駁：

「就算這樣，也不應該殺死她們……」

「不、不、不！她們本來就不應該出生！她們在智慧上和道德上都相當卑劣、會讓人類退化，出生就是罪人了。正因為如此，才該殺掉她們。既然犯罪，當然要受罰了。」

不知是誰的腳踢飛了跨腳椅，那張小椅子翻倒後在地板上滾了兩三圈。

「喔？講得倒是好像很高尚嘛。」

「我的話語就是真理，正因為是真理，所以如你這般愚鈍之人應該也能接受。」

「這樣說來，開膛手傑克就是人類的恩人囉？」

「大概可以算是吧。」

「該不會你就是開膛手傑克吧？」

以約瑟夫而言這話算是相當尖銳了，但馬古斯卻發出了討人厭的笑聲。他的額頭上滴著汗、毫無光芒的兩眼彷彿深不見底的洞穴吸住了約瑟夫的視線。

「跟我預料的一樣呢，我早就料到以你的知識水準來說，肯定會跳到那種短淺的結論。」

「你這算是否定嗎？」

「當然是否定囉。實際上我的確不是開膛手傑克。我沒有特別想要辯解，不過那件事情發生的時候，我人在巴黎或柏林呢。」

約瑟夫的視線掃到一邊有幾個灰綠色人影蠢動。

「開膛手傑克是個偉大的人物，但可惜他用錯了方法，破壞法律而遭到警察和市民追捕。哎呀雖然也沒被抓到啦，但他該採取更加明智的手段才是。」

「什麼樣的手段呢？」

「自己訂定法律啊！約瑟夫爵士。」

「怎麼可能打造出可以殺人的法律。」

兩個人唇槍舌戰間，手腳也一樣相當忙碌。

「唉唉，如此無知實在可憐。世界各國都有殺人合法的法律啊，而且都有在施行呢。這是為了讓劣等者斷絕血脈、不讓惡劣的基因流傳到後世。」

馬古斯似乎想起了什麼，將一隻手伸進褲袋裡。他把拿出來的東西丟到約瑟夫面前。那是一個日本製的小芥子玩偶。

II

「這是什麼啊？」

「是你父親的行李喔。」

馬古斯雖然想裝出平靜的聲音卻失敗了，聽來相當失落。因此約瑟夫反而心情比較好了。

「看起來也不能賣錢，只不過是路邊攤賣的便宜東西，你的父親真是一點美感也沒有。」

「不用你多管閒事。但我老爸的東西怎麼會在你的手上？」

約瑟夫會感到困惑也是理所當然。

「是名為偶然的妖精惡作劇造成的。你的父親把一大堆廢物從新加坡寄往倫敦時，我剛好也寄了船運包裹。結果送貨人把兩邊的貨物送反了。那些無能又不負責的印度人就是我痛苦的根源！」

馬古斯語帶怨恨地怒罵東方人勞動者。

「監督那些苦力的應該是英國人吧。」

「不，只是稍微好一點的印度人。」

馬古斯一臉好像你也有罪般地指著約瑟夫。

「你說呢？約瑟夫爵士。那些有色人種，就連包裝好的貨物都不能送到正確的地方！」

約瑟夫沒有馬上回答。他覺得父親的行李反正都是些沒用的小廢物，所以根本沒有打開，就這樣丟在地下室。而且還為此支付了不夠的運費三英鎊四先令，約瑟夫當時相當氣憤，因此努力忘記這件不愉快的事情，花了兩天便成功了。他聽了馬古斯的話，也萬分驚訝，終於了解自己為什麼會捲入這麼奇妙的事件。

「收下行李的東端下流人也是同罪。」

「住在東端的也一樣是英國人啊，不是你所謂的『支配民族』嗎？」

「噢，那是無可避免的悲劇呀。」

馬古斯嘆了口氣。

「就算是在品質最好的蘋果中，也會有爛掉的。要是不把爛掉的從籃子裡拿出去，那麼所有的蘋果都會壞掉。馬古斯就肩負挑選出好蘋果留下的義務哪。」

「真是了不起的義務。話說回來馬古斯，你的本名叫什麼啊？反正你想殺了我的話，跟我說一下也沒關係吧。」

沒想到馬古斯倒是二話不說地回答：

「也好，就告訴你吧。我的本名是克里斯提安・范・多倫。既然我都告訴你了，你就好好記住吧。」

這是假名吧？約瑟夫判斷。不管是馬古斯還是魔奇什麼的，只要是與魔法或神祕學相關的人，通常都無所不用其極地隱瞞自己的本名。畢竟姓名本身就是神祕的來源，因此他們相當忌諱自己的名字為他人所知。

「我記住了。那你怎麼會陷入自己的妄想之中呢？范・多倫？」

「你才是妄想家，約瑟夫。」

范・多倫終於咬牙切齒地直呼別人大名。

「被那種『眾生皆平等』的感傷妄想附身，只不過是個隨處可見的弱者。你也看到了，我比你強。你比我弱。而弱者只有服從強者之人，才可以生存下去！」

這次是右臉頰正中反手一擊，約瑟夫眼冒金星。雖然試圖壓過范・多倫的身體，但是對方用盡那嶙峋之骨的渾身力量抵抗。

「你的隨從們也真可憐，居然有個妄想家主人，只能悲慘地死去了。」

約瑟夫揚起眉。

「你打算連李和戈什都殺掉嗎！」

「主人死去以後隨從跟著殉死，這不是一段佳話嗎？當然女僕也要囉。」

「什麼？連安妮也——你這個殺人鬼，我不會讓你稱心如意的！」

「那是我理想的世界，劣等人種只能為了優秀的人種……」

范・多倫應該完全無法理解自己身上發生了什麼事情。他眼前的景色忽然傾斜、整個翻轉了過來。一瞬間他身體便上下顛倒、躺在了地板上，而約瑟夫則跨在他身上。

「什、什麼……」

「我就告訴你這是怎麼回事！」

約瑟夫狠狠地用帶著誠意和熱情的拳頭回敬對方。范・多倫的左臉頰骨發出了巨大的聲響。

此時潔拉爾汀忽然喊了什麼，同時灰綠色的人影也動了起來。約瑟夫知道，他們是「尼羅的王者」重度中毒者，有著鱷魚般的皮膚。約瑟夫從馬古斯的身上一躍而起，揮掉幾隻試圖抓住自己的手，跳到沙發背後。他拔出了那把法國製造的決鬥用手槍，正要拉動扳機時冷不防想到，他忘了先補充銀子彈就來了！

約瑟夫大概狼狽了三秒鐘才想起來。

「對了，根本不必用銀子彈啊！」

他這才發現自己犯了個蠢。敵人又不是怪物，只要用普通的鉛彈就可以了。

約瑟夫慌忙翻找衣服口袋，嘖了一聲。就算身上有鉛彈，也和法國製決鬥用手槍的口徑不合啊！

真是接二連三的失算。正當約瑟夫要認真懷疑起自己是否真是范・多倫所說的是劣等人種，一個灰綠色的人影從蹲在地上的約瑟夫頭上飛過、撞到後面的牆壁上。

「約瑟夫爵士，您還活著嗎？」

「您應該早點叫我們的啊！」

是印度人和中國人的聲音。得救了！約瑟夫從沙發後頭起身，范・多倫則猛然一躍而上。李從旁邊一把抓住他的手腕，瞬間便取得了先機。

「你似乎是說，弱者應該順從強者對吧？」

李的聲音彷彿蘇格蘭高地的冬季寒風拂來。

「這樣一來，你就應該順從我，因為你比我弱。」

「什麼！不過是個有色人種……」

范・多倫正打算張大嘴嘲笑對方。說時遲那時快，他的下顎像被炸開。范・多倫的身體倒下，從地板上彈起約一英吋高，發出轟然一聲。

「你安靜點吧。」

李丟下這句話後重新轉向灰綠色的人影群。地板上已經倒了三個人，這是戈什的戰績。潔拉爾汀在這種時候相當猶豫不決，她遲疑著該逃走、還是該戰鬥，總之就先喊喊話。

「快點收拾他們！獎賞會給你們『尼羅的王者』！」

約瑟夫也對東方人下達命令。

「別太過火囉，絕對不可以殺死他們！」

「這很難耶。」

敵人是不具備痛覺的毒品上癮者集團，就算打斷他們的骨頭，他們也不覺得痛，還是會繼續攻擊。打倒他們一次，他們還會站起來。

「就算很難，還是不能殺死他們！」

即使是正當防衛，要是東方人害死了白人，可不是小事。好一點就是進監獄或者流放，最糟的是死刑或者私刑。

想將毒品上癮者打造成士兵上戰場，著實是個恐怖的點子。他們會因為想要毒品而戰鬥、就算受傷也不會痛，會一直戰到死亡。

戈什怒吼著。

「李，打腳！」

「嗯，應該早點想到呢。」

要不殺死對方而削減對方的戰鬥力，與其攻手不如傷腳。因為不管是要站、要走、要跑要跳，所有動作都需要用到腳。萬幸的是這些人都沒拿武器。

李從上衣內袋掏出一把折疊式小刀，那只是個刀身長不到四英吋的木工用刀，但對李來說這就夠了。

接下來的戰鬥激烈而短暫，東方人們毫不留情地讓敵人失去力量。戈什使用卡拉里的腳部功夫，讓敵人的腳踝骨裂開。李則快速揮過小刀，劃傷對方的阿基里斯腱。他放低姿勢、在地上翻了一兩圈，敵人便逐漸減少。

毒品上癮者一個個安靜無聲地倒下了，因為不會痛，所以他們並沒有發出痛苦的慘叫。就只是靠著牆壁倒下、或扶著椅子往地板上倒。十五個人全倒在地板上，還花費不到三分鐘。

李揮掉小刀刀刃上沾到的少許鮮血，戈什拍去手上的灰塵。只剩下范・多倫和潔拉爾汀茫然地站在一旁。

「李、戈什，幹得好，他們畢竟不是怪物，還是人類呀。」

「雖然是阻礙重重啦。」

戈什一臉傲氣地回答。

III

「范・多倫，你剛才好像說了什麼高貴的英國人還是什麼的？讓那些高貴的英國人毒品上癮、把他們搞得好像怪物一樣，你的良心不覺得羞愧嗎？」

「為了拋棄爛掉的蘋果，哪有打擾自己良心的餘地。」

范・多倫的臉上一片瘀青，上衣的鈕扣也掉了，這是約瑟夫的戰果。

「對國家和社會沒有幫助的人，沒有活下去的價值嗎？」

「當然了。採取這類積極政策，英國就能得以改良。不要去保護那些連工作都做不來的傢伙。也沒有必要讓那些付不出學費的傢伙去上學。那些傢伙就是應該要被淘汰，放他們自生自滅就好。」

「別再說了，我耳朵都要爛了。」

約瑟夫呻吟著。和眼前這種人相比，就連吸血鬼或狼人都看起來很可愛了。要壓抑如此強烈的怒氣與厭惡感，實在是非常困難，約瑟夫好不容易才逼自己辦到。

「不管你怎麼狡辯，都是濫用毒品，還打算殺死我們。你就乖乖去跟警察自首，接受法律制裁、償還你的罪孽吧。」

「警察？」

范．多倫又露出那種討人厭的笑容。而且是目前為止最令人不愉快的。

「你以為警察有辦法動我嗎？那些倒在地上的傢伙，我是叫他們鱷魚士兵啦，可還多得是其他毫髮無傷的傢伙在喔。」

范．多倫一臉疼痛地摸了摸下巴。

「過完年等到五月，就會有五百名鱷魚士兵全副武裝入侵德國領地東非，戰場上將會飄揚著英國的旗幟。」

「你是認真打算引發英德戰爭呢。」

約瑟夫覺得頭暈目眩。

「如果控制在只有兩國戰爭也罷，要是一個不小心會連法國和俄羅斯都捲入，這樣會變世界大戰啊。」

「哼！那正是我所期望的。」

馬古斯冷笑起來，但旋即又壓抑下去。

「為此我需要『尼羅的王者』，你還是快點還給我吧。」

「『尼羅的王者』是重要的證據。」

「那是我的東西，還給我！」

「那你接受法律審判的時候記得要這樣強調。」

「不要再說那些廢話了！」

潔拉爾汀終於再次開口，她右手拿著一把槍，是與她那雙纖纖細手一點也不相配的粗重手槍。

「這是美國的史密斯＆威森公司製造的點三八口徑手槍，和你那優雅的法國產品可完全不一樣。」

約瑟夫站在牆邊嘆了口氣。

「竟然有比安妮更麻煩的女性呀。」

「安妮？那個女僕小姑娘？最好是還活著囉。」

「……妳說什麼？」

「你們居然就這樣踩進陷阱，悠悠哉哉地跟來了這裡。好啦，誰先上……」

話音未落，門再度打開，一道人影入侵。潔拉爾汀在那一瞬間閃了個神，馬上有東西命中她的右手。是李扯下范．多倫的上衣扣子，用指彈射過去。幾乎是同一時間，身穿制服的強悍男人們抓住她的手腕，搶下了手槍。

「對待我認識的人，可以就到此為止嗎？」

聲音的主人戴著一頂絲絨帽、斜叼著一根粗菸捲，右手握槍。是自由黨下議院的議員溫斯頓．L．S．邱吉爾。

約瑟夫看向那些穿著制服的男人們。他們並不是警察，而是海軍憲兵隊的隊員，這令人有些意外。

「邱吉爾議員，您怎麼會來這裡？」

一聽約瑟夫開口詢問這麼蠢的問題，邱吉爾臉上浮現出有如猛虎出籠的笑容。

「我在南非的時候，就一直盯著肯特和他背後的人。剛才我接到你家女僕的聯絡。哎呀，真是個忠實勇敢又腦袋靈光的女孩呢。相反的……」

邱吉爾不懷好意地瞪著潔拉爾汀。她緊咬唇瓣，雖然試圖瞪回去，但相較之下簡直毫無魄力。

「噢……」

伴隨一聲喘息，她扭動著身子趴倒在那厚重的波斯地毯上。

「昏倒的樣子倒是很像貴婦。」

「小心點，搞不好只是她的演技。」

戈什小心翼翼地靠近潔拉爾汀，抱起她的身體橫放在沙發上。一邊說著「抱歉了」，迅速搜索她的衣服。他一發現那把刀柄鑲著大顆珍珠的折疊刀，馬上就搖著頭沒收了。

與此同時，李則奔往約瑟夫的身邊，將坐在地上的年輕主人給拉起身。

「好了，請您振作點。尼羅的母獅已經被逮捕了。」

「我一輩子都不會去尼羅河那種地方。」

約瑟夫一面責怪無罪的非洲大河，並用手拍掉自己身上的灰塵，重新打好領帶，用手整理凌亂的頭髮。

「邱吉爾議員……」

「噢，不用說什麼客套話了，我也不是想來才來的。」

邱吉爾議員依然叼著菸捲，環顧四下。

「那女人是真的昏過去了嗎？印度人。」

「應該是。」

「誰去弄條濕毛巾來蓋在她臉上，還是得拘捕她才行。」

一名憲兵往廚房走去，邱吉爾議員將略帶諷刺的眼神轉向約瑟夫。

「雖然不能說是一路幫到最後，不過還是謝謝你協助拘捕犯罪者。」

「為了防止英德戰爭嗎？」

「那是原因之一，但無論思想多偏激，都是自由的。過去格萊斯頓首相曾向女王陛下說過：『犯罪可以取締，但思想不能被被取締』呢。」

邱吉爾拿下了菸捲。

「以這次的情況來說，毫無疑問是犯罪，必須要取締。」

約瑟夫摸了摸仍感疼痛的臉頰。

「是指濫用毒藥的事情嗎？」

「沒錯，幸好你理解得很快。」

這句話在戈什和李耳中聽來，就只是諷刺罷了。

再次傳來好幾組腳步聲，這次現身的是自稱馬古斯的克里斯提安・范・多倫。他被銬上手銬，左右及背後都被憲兵包圍，頭髮亂到幾乎蓋住半張臉。

邱吉爾看過去，他盡可能擠出強悍的聲音：

「我可是個紳士，是不能被上手銬的，議員，可以幫我拿下來嗎？」

「不行，你那雙手跟手銬挺相配的。」

「你不懂嗎？大英帝國終有一天會為了和德國以及美國爭奪霸權而打起戰爭。在被攻擊以前要先行攻擊啊，這有哪裡不對了？」

「我的母親是美國人呢。」

邱吉爾議員的聲音聽起來相當冷淡。

「我並不想和母親的祖國作戰，不管是俄羅斯、德國還是法國，或許我們都可能與他們對立，但沒有必要由我們自己引發戰端。現在需要做的事情就是逮捕你、審問你，把你們一派人馬全都丟進牢裡。」

「像我這樣的愛國人士……」

「愛國人士？真是令人驚訝。」

邱吉爾聳聳魁梧的肩膀，范・多倫見了他的反應，依然毫無畏懼地繼續說下去。

「將這個鱷魚軍團送進德國領地東非和西南非，難道那個高傲的德國皇帝會默默地拱手不理嗎？」

「是要沉默還是憤怒都是德國皇帝的自由，畢竟我又不是他的家庭教師。」

邱吉爾隨口說完，誇張地吐著菸圈。

「好啦，你的白日夢也該到此結束。既然如此，就請約瑟夫・費茲西蒙斯爵士和他的隨從們將你一起帶去憲兵隊那裡自首吧。」

「你不能這麼做，我到底犯了什麼罪？」

「光是『尼羅的王者』一事就夠了。而且你還打算策畫我國與德國的戰爭，這可是政治犯罪。順便還有……雖然說順便有點失禮，不過你讓手下非法入侵費茲西蒙斯家的事情也算是呢。」

邱吉爾將目光轉向約瑟夫。

「準備好了嗎？費茲西蒙斯家的各位。」

「隨時都行。」

約瑟夫雖然一口答應，但心裡總覺得有些不服氣。好像所有掌控權全都被邱吉爾議員搶走了。不過他立刻用「算了，角色不同嘛」說服了自己，畢竟約瑟夫就是這種人。

戈什和李也很難判斷，這種時候自己年輕的主人究竟是欠缺霸氣呢、還是不拘小節的大人物。

但是，這次確實有反對年輕主人的理由。兩個人異口同聲叫道：

「約瑟夫爵士，不行！」

IV

聽李和戈什這麼一喊，約瑟夫才驀然想起那件事情。如果相信潔拉爾汀剛才說的話，那麼安妮現在正身處危險當中。必須要趕快回家才行。

邱吉爾議員打量著約瑟夫。

「非常遺憾，這個世界上確實有無能的人類、也有無法自立的民族。這就是現實、是一九〇五年啊。」

約瑟夫又閉上了剛要張開的嘴巴。他想再聽聽邱吉爾議員要說什麼。

「我會成為政治家，是為了保護大英帝國的國家利益、確保議會所決定的事情。要讓所有人類平等，哎呀，也只能靠你們去努力啦，約瑟夫爵士。」

旁邊傳來小小的呻吟聲，潔拉爾汀在沙發上坐起身子。邱吉爾對憲兵打了個手勢。

「所謂民主主義，是世界史上最糟糕的政治制度呢。如果排除其他各式各樣的政治制度的話啦。」

「不需要排除！」

范．多倫怒吼道，眼中閃爍著狂熱的光芒。

「民主主義那種東西，不過就是走向眾愚政治的偽善之路。你看看古希臘、看看法國大革命，還有其他的……」

「夠了，假馬古斯。」

潔拉爾汀丟了話過來。

「被銬上手銬以後，就算再怎麼高談闊論都不成樣子。失敗得如此難看，你想說的話還是去法庭上再說吧。當然，我是指有開庭的話。」

潔拉爾汀的視線銳利地刺向邱吉爾的臉龐，而那仍叼著菸捲的青年議員則一臉平靜。

「哎呀呀，不管是費茲西蒙斯家的女僕、還是這位婦女都是一樣，要是給了女性選舉權，英國的男性應該馬上就被支配了吧。那麼，惡棍們就交給憲兵帶走，你們還是快點回去吧。反正還會傳喚你們當證人的。」

「我明白了。」

邱吉爾重新叼好菸捲。

「約瑟夫爵士，可以別告訴其他人關於我的事情嗎？」

「為什麼呢？正義之士邱吉爾議員逮捕了政治犯，國民應該會感到相當興奮吧。」

「要是太興奮就不好收拾了。而且這件事情大概也不能公開吧。」

約瑟夫隱約領悟到了什麼。看來范．多倫的背後還有其他人呢。

「接下來軍方和警察那邊，應該都會秘密進行整肅吧。清除自稱馬古斯的傢伙，這樣才能毀掉魔奇結社。要是被德國和法國發現的話，會成為我國外交上的弱點。所以我不想出現在檯面上，這次的功勞就讓給你們了。」

「我明白了。」

約瑟夫回應道，以他英國貴族且是一名紳士的身分立下誓約。邱吉爾點點頭後便轉身離去。逮捕了范．多倫和潔拉爾汀的憲兵們也跟著離開。約瑟夫目送他們離去搖了搖頭。

「噢，邱吉爾議員真是了不起的人哪。雖然有點擺架子，但具備了能夠成為大英帝國宰相的器度。糟了，不能在這裡拖拖拉拉的，我們快回去吧。」

說著便快步打算離開吸菸室。

印度人和中國人一起看著年輕主人，然後彼此對看一眼，點點頭。李清了清喉嚨。

「那個，約瑟夫爵士啊。」

「怎麼了？幹嘛吞吞吐吐的。有什麼事想說就說啊。」

「那麼我就說了，約瑟夫爵士。邱吉爾議員將功勞讓給您，應該不是出自善意……」

「不是善意是什麼？」

「這個嘛。」

「哎，是肯特呢。」

上了手銬的格雷戈里·肯特左右都被憲兵拉著，正要被帶走。他也看見了約瑟夫。

「你、你打算對我做什麼？連馬古斯大人都……」

「你不在意潔拉爾汀啊？」

「哼，那種女人，最好是被尼羅河的鱷魚一口吞下。就算她只是裝成主人的樣子也令人不愉快。我再問一次，我會怎麼樣？」

「總之為了不讓你逃走，就先上個手銬。然後把你交給警察吧。」

「警察？」

肯特冷靜地笑了。

「你以為警察那些傢伙動得了我們嗎？」

「噢，我說錯了，是憲兵隊。」

眼見肯特的臉抽搐了一下，戈什浮現出惡作劇般的笑容，但一聽見李的聲音又再次正色。

「戈什，快點！宅子裡的安妮有危險啊。」

戈什一把將肯特的身體推向憲兵們，高眺的身子立即回身。他跑到大門口，看見約瑟夫和李朝他招手。旁邊是肯特宅邸的黑色汽車。

「快上車！」

李將手上彎曲的鐵絲抛到雪地上。想來是用那個東西當成汽車鑰匙吧。

「所以，誰要來開車？」

「咦，不是約瑟夫爵士嗎？」

「我怎麼可能會開啊。李呢？」

「我也不會啊，戈什的話……」

「我這二十年都跟你在一起耶！你有看過我去學開車嗎！」

「還真的沒聽說過。」

結果還是約瑟夫坐到駕駛座上。

「總之先發動吧。約瑟夫爵士，請您發動引擎。」

「是要怎樣弄哪裡啦。」

「麻煩死了。呃，要拉這個像是棒子的東西……」

「不是用推的喔？」

「好啦，坐而言不如起而行！」

約瑟夫試著拉那根棒子，但東西卻紋絲不動，他只好用力推下去。忽然汽車發出像惡劣鬥牛犬般的低鳴，略略震動起來。

「噢，好耶，太棒了。」

接著他踩下踏板。汽車揚聲往前狂奔，冷風拍打著臉頰。

車子一直線朝著正門的鐵柵欄衝去。從看守小屋奔出來的男人揮動兩手喊叫著什麼，但汽車猛然接近，他也只能連忙跳開。

「要撞上啦——」

不管這句話是誰喊的，都幫不上任何忙。黑色汽車就這樣正面撞上了大門的鐵柵欄，保險桿被撞飛、車燈在冬日的天空中飛舞。代價是鐵欄杆發出抗議的慘叫，邊往外倒下。

黑色汽車彈跳到馬路上。雖然行人不多，但少數的過路人也拚了命往兩邊逃竄。

坐在副駕駛座的戈什向大家報告。

「目前並無人受傷。」

「真是聖誕節的奇蹟。」

「可能用掉了一輩子的好運。」

「一輩子還得了，將來還需要十輩子的好運哪！」

坐在後方的李含糊地說：

「右邊有人，往左！」

「怎麼做啦!?」

「方向盤往左！」

約瑟夫將方向盤往左打。但是轉過頭了，汽車立刻正面轉向路燈。他只好又往右轉，車體撞上路燈後又掃過去，散出劈里啪啦的火花。

V

艾伯特警官喘著大氣的同時，用力喊了今天不知道第幾次的怒吼。

「別逃了，小姑娘！快把地下室的鑰匙交給我！」

「你自己來抓我啊，要是你辦得到的話。」

安妮明明在整棟屋子裡竄逃，卻似乎相當悠哉。不，這只是她故意裝出來的樣子，事實上她不安又焦慮，但這種時候她沒有誠實以對的義務。當殺氣騰騰的艾伯特警官那張臉突然接近自己時，安妮下定決心，並且立刻執行。

「唔哇啊啊啊……！」

艾伯特警官的尖叫響徹整間房，因為沸騰的熱水正燒灼著他的右手，一路從手腕到肩膀。安妮丟過來的水壺在地上打轉、冒出蒸氣。他情急之下舉起右手阻擋，因此臉沒事，不過完全露出的右手整個燙傷，就連原先抓著的手槍也和滾燙熱水一起飛奔到地板上。幸好沒有爆炸。

艾伯特警官左手壓著燙爛的右手，痛苦到跪在地上。一秒後安妮便聽見了夥伴的聲音。

「安妮，妳沒事吧！」

「你們太慢來救我了，我差點就要被殺掉了耶！」

「我這雙眼睛看過去妳沒有受傷啊。」

「我因為恐懼所以內心受了重傷！」

「原來如此。」

戈什毫不留情地抓住艾伯特警官的右手，然後又聽見了另一名夥伴的聲音。

「安妮，妳沒事啊。」

「是的，約瑟夫爵士！」

艾伯特警官勉強擠出欲哭無淚的聲音。

「好、好痛，快點幫我治療！」

「燙爛手實在令人遺憾，不過你的性命又沒有大礙，而且是你自作自受吧，警官先生。」

戈什不屑地說，但艾伯特警官還是苦苦哀求。

「給我『尼羅的王者』……」

「你說什麼？」

「拜、拜託！」

「你這是打算做什麼呢？警官先生。」

李一邊撿起水壺一邊追問。

「用那個的話，就不會痛苦了。拜託，我痛到腦袋都要瘋了！」

原來艾伯特警官也是上癮者。李聳了聳肩膀。

「你的腦袋早就瘋了。從你的祖先引發鴉片戰爭起就瘋了。」

「沒錯，你本來就瘋了。」

加害者也毫不留情。

「話說回來，安妮，妳做得真好。立了大功呢。」

「您過獎了，約瑟夫爵士。雖然這也是為了守護主人家，但我畢竟做出了相當不淑女的舉動。」

「淑女什麼的下地獄吧，安妮妳比她們好太多了。」

「好痛、好痛，拜託幫幫我……」

艾伯特警官流下痛苦的眼淚。

「會稍微幫你治療一下啦，但要是你躁動起來我可忙不過來。李，你就讓他稍微安靜一下吧。」

「真拿你沒辦法。」

李向不斷呻吟的艾伯特警官走過去，以右手兩指戳向他的眉間。艾伯特警官立刻翻了個白眼安安靜靜。

「廚房裡有軟膏，我去拿過來。」

「謝啦，安妮。」

約瑟夫相當感謝有能且勇敢的女僕。李和戈什盯著年輕主人瞧，對看一眼後別有深意地笑著。

「約瑟夫爵士，您覺得如何呢？安妮果然很了不起吧？」

「不用你們說我也知道。」

約瑟夫的聲音中夾雜了些小心翼翼。他當然很清楚，至少自認為他知道戈什和李在想什麼。

「話說在前頭，我可不是對所有淑女都失望了喔。」

「好啦好啦。」

「你們聽，玄關的門環在響，快去看看吧。」

不一會兒，隨著戈什進門的是溫斯頓．L．S．邱吉爾議員。他也是上癮者，不過他上癮的是菸捲。邱吉爾以嚴厲的目光看向艾伯特警官，聽約瑟夫大致上說明情況後，便命令他帶來的憲兵們逮捕總督察。

「那麼我就先告辭了。或許我們還會再見面，但應該不會有更進一步的往來了吧。」

「好的，不過，那個……」

「汽車的事嗎？持有者應該不會告你吧。路燈、圍牆和其他汽車方面，嗯也算是持有者的責任啦。不過，看樣子你最好不要取得駕照比較好。」

一旁傳來呻吟聲，約瑟夫看過去。發出聲音的艾伯特警官，雖然兩手都上了手銬，但右手的皮膚卻已變成紅黑色。他看也不看約瑟夫，低著頭被帶走了。

「沒想到艾伯特警官……」

雖然現在說也沒用，但約瑟夫還是覺得萬分感嘆。

「我還以為他是個好人呢，沒想到竟然也是魔奇什麼一黨的。」

「唉，他牽連有多深也是要等搜查後才能得知。不知道是狂熱信徒，又或者只是被人用金錢收買。」

「對了，李，他那個燙傷看起來很痛耶。總覺得有點抱歉。」

「畢竟安妮差點就要被殺了，不需要同情他。說起來他居然打算加害安妮，實在太不知輕重了。」

「無知真是令人畏懼。」

李和戈什相視點頭。

「話說回來，這次的事情啊……」

「全部都要當成沒發生對吧。」

「視情況可能也不會有審判。」

「獎金呢？」

「一開始就沒有那種東西吧。」

聽約瑟夫忿忿地說著，李和戈什也略作思考。

「提到一開始，我們最先收下的訂金兩百五十英鎊又該如何處置呢？」

聽李這麼一說，約瑟夫才想起來。他差點忘得一乾二淨，不過當初的確有收過訂金。

「嗯……應該不用還吧？」

「對方也不會叫我們還吧。」

「辛辛苦苦才抓住那些壞蛋呢。」

主從三人意見一致，心情愉悅地點了點頭。如果是花費兩三天就賺了兩百五十英鎊，算起來也是少見的高效率工作。

約瑟夫感到相當愉快，不禁開始做起夢來。

聖誕節之後就是節禮日，要送什麼給僕人們呢？

「就給安妮腳踏車吧。新的雖然很貴，不過今年應該要送好一點。李和戈什，嗯……他們想要什麼，直接問應該比較好吧。」

說起來他們並不是過著多麼奢侈的生活，但不知為何手頭總是不夠寬裕。由於約瑟夫有準男爵的身分，因此不管是去社交舞會、出席紳士俱樂部、狩獵狐狸、甚至到巴黎玩，都是所謂的義務。另外若要在自家開個宴會，應該也還行吧。

「噢，對了，你們本來好像要說什麼關於邱吉爾議員的事情。是要講什麼？」

「他的一舉一動都是算計過的。」

「嗯？什麼意思啊。」

「我可以說嗎？」

「當然啊。」

「聽好了，約瑟夫爵士。接下來政府會秘密在內外拘捕那些自稱馬古斯還是魔奇的偏激信徒們。」

「這樣不是很好嗎？」

「光看這點的確是。那麼逮捕那些信徒的人是誰呢？」

「邱吉爾議員把功勞全部讓給我們了，這樣不是聽起來很好嗎？就算這件事情沒有公開，應該也會給我們一點封口費吧？我是這麼想的，太天真了嗎？」

「約瑟夫爵士，就算政府憲兵逮捕魔奇，你覺得他們有辦法一個不漏地抓住所有的馬古斯嗎？」

「這個，要一個不留大概很困難吧，可能會有兩三個抓不到。」

「那些人之後會怎麼辦呢？」

「怎麼辦？只能逃走吧。」

「只會逃走嗎？如果你是馬古斯，成功逃走了以後，你會怎麼做？」

「噢，我的話應該會對把自己害得這麼慘的人報復……」

約瑟夫閉上了嘴巴。那通往聖誕節和節禮日的康莊大道似乎蒙上了一層陰影。

「呃，你們該不會是說……？」

「沒有錯。」

李和戈什點點頭。

「我們今後都必須要留心魔奇殘黨的復仇。而這個危險，那位狡獪的邱吉爾議員已經迴避掉了。」

「迴、迴避？這樣一來，魔奇的殘黨會對著誰復仇？」

印度人和中國人共四隻眼睛一起盯著年輕主人。

「目標是我嗎!?」

「這是一個假設。魔奇很可能會完全消滅，或者就算有殘黨也可能不想復仇只顧逃走。但還是不得不留意。」

約瑟夫搖搖晃晃地站起身，像一縷幽魂似的飄出了房間。

「哎呀，下這麼重的威脅，他多少會冷靜點不要那麼興奮吧。」

「希望是囉。」

中國人和印度人相視而笑的時候，愛爾蘭少女出現在敞開的大門外。

「你們太過分了吧，居然威脅自己的主人，不覺得這樣違背了僕人的道義嗎？」

「妳怎麼好意思這麼說。那麼我們的主人去了哪兒？」

「書房呀，李。他鎖上了門把自己關在裡面。」

戈什抬起頭看著天花板苦笑。

「跟二十年前一樣呢，他一鬧脾氣就會關在那間雜物室裡。」

「他肚子餓了就會出來的，安妮，妳別在意。」

「可是不行啊。」

安妮站在門口對著書房的方向大喊：

「約瑟夫爵士，有客人喔！約瑟芬女爵突然來訪。姑母大人說想和您一起過聖誕節！」

—完—

〈初出〉
〈白銀騎士團〉：雜誌《小說寶石》特別篇〈英雄譚〉（二〇〇五年十月）
〈白銀騎士團的小冒險〉：加筆

※本故事為虛構作品，與實際人物、團體、事件等一概無關。

白銀騎士團

出版	瑞昇文化事業股份有限公司
作者	田中芳樹
譯者	黃詩婷
封面繪師	DAKO
創辦人／董事長	駱東墻
CEO／行銷	陳冠偉
總編輯	郭湘齡
責任編輯	張聿雯
文字編輯	徐承義
美術編輯	許菩真
國際版權	駱念德・張聿雯
封面設計	許菩真
排版	許菩真
製版	明宏彩色照相製版有限公司
印刷	桂林彩色印刷股份有限公司 紘億彩色印刷有限公司
法律顧問	立勤國際法律事務所　黃沛聲律師
戶名	瑞昇文化事業股份有限公司
劃撥帳號	19598343
地址	新北市中和區景平路464巷2弄1-4號
電話	(02)2945-3191
傳真	(02)2945-3190
網址	www.rising-books.com.tw
Mail	deepblue@rising-books.com.tw
初版日期	2023年4月
定價	400元

國家圖書館出版品預行編目資料

白銀騎士團 = Silver knights/田中芳樹作；黃詩婷譯. -- 初版. -- 新北市：瑞昇文化事業股份有限公司, 2023.04
272面；12.8X18.8公分
ISBN 978-986-401-618-1(平裝)

861.57　　112003075

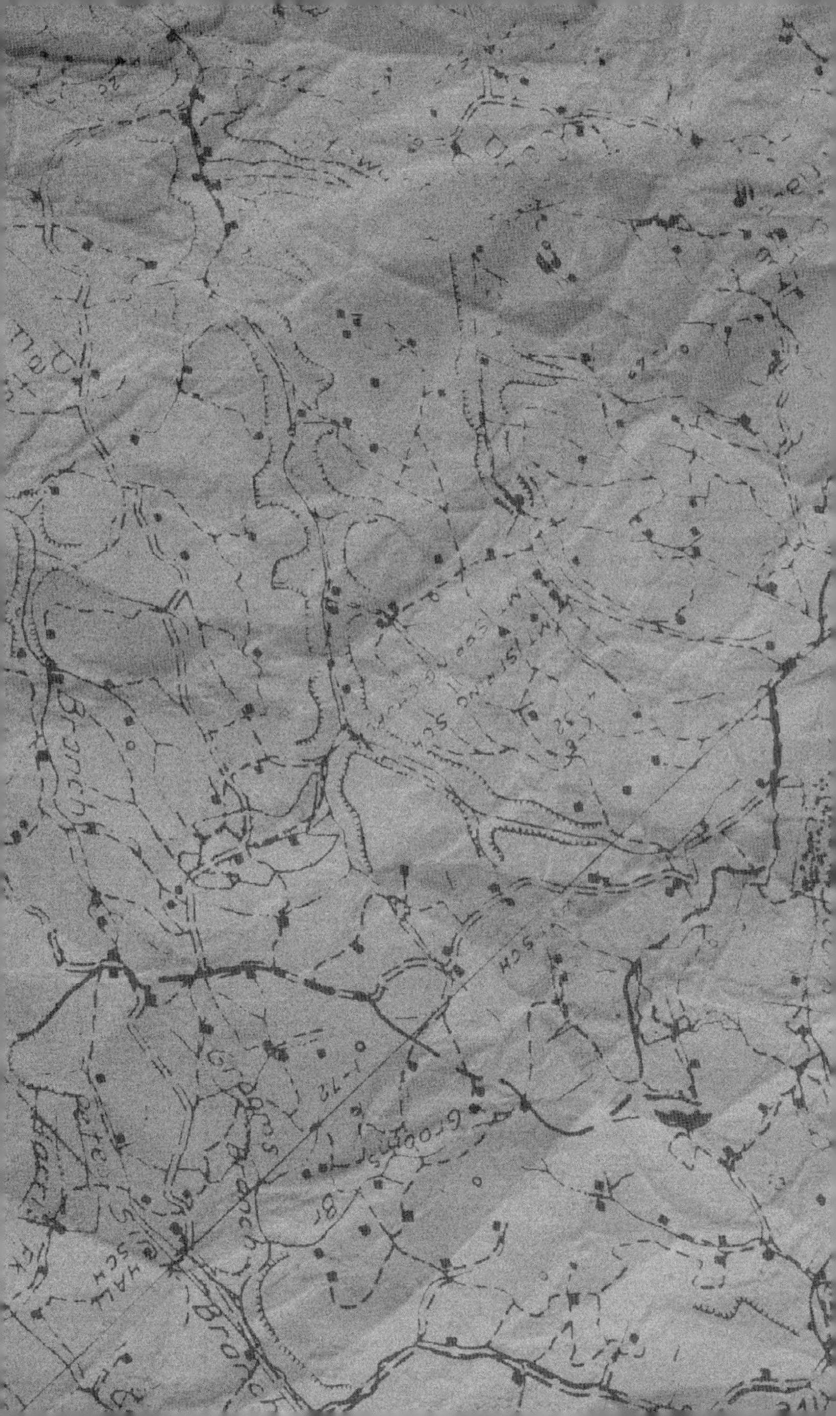
Branch
Branch
SCH

Slade
Red River
Fork
Bolling Branch
Timothy Branch
East Fork
Red River
Gladie Branch
Nada P.O.
Natural Bridge
Rough Br
Hollow
Moreland
Middle
Cave Br